归乡的翅膀

陈慧瑛 /著

长江出版传媒　长江文艺出版社

目录

南方旧事

- 2 三角梅赋
- 4 彩色的翅膀
- 8 鹤望兰和旅人蕉
- 10 五月五
- 12 扒龙舟
- 14 旧邻
- 18 竹叶三君
- 25 良宵
- 32 小楼春雨

故乡风情

- 38 一串风铃花
- 44 狮城琐忆
- 48 迷人的诗魂
- 53 星洲如梦
- 62 武夷山写意
- 67 姑娘雨
- 68 海色
- 72 海坟

**天涯
咫尺**

76　梅花魂
86　相思岬
89　祖国
92　故乡的灯火

**山河
日月**

98　江州行
104　哈尔滨风姿
111　滁州月
121　难忘三亚

南方旧事

三角梅赋

风姿绰约的鹭岛，娇花媚草，多如繁星，而我独爱三角梅。

三角梅，学名九重葛。俗名可就多了，北京人称她叶子花，广州人叫她宝巾花……三角梅是我们家乡人给她的名字。

三角梅不算名花。就单朵儿看，不过是三片艳紫的花瓣儿，孕着几枚鹅黄的花蕊，娇小玲珑，弱不禁风似的。然而，在山间、在水滨、在怪石嶙峋的峰峦上，在盘根错节的古树下，在青苔斑驳的断墙，在秋草凄迷的荒冢，你看吧：她衬着水灵灵的绿叶，百朵千朵地、散散漫漫地开了，袅袅婷婷地开了，沸沸扬扬地开了。像蓝天里的一片流霞飘来，漫住了碧汪汪的水畔山腰；像姑娘们一点樱唇轻启，留下了一串串轻盈的笑。舒坦、自如、无拘无束，繁而不腻，艳而不俗，于浓烈之中见淡雅，于喧闹之中显幽静。

三角梅很少被讴歌礼赞。世人都说："物以稀为贵"，可江南江北，都有她的踪迹；酷暑严冬，都是她的花期。这朵花刚谢，那朵花又开，不管世态炎凉，不畏凄风苦雨，不拘地势高下，一味把花儿泼喇喇地开着。她居显不骄，处晦不卑；她的枝蔓，向天空、向大地、向四周、蓬蓬勃勃地争着空间、争着自由、争着生存。她的一生，把生命之火，亮晃晃地燃着。如果人们赞颂"野火烧不尽，春风吹又生"的古原荒草，三角梅的品格，岂不一样可贵?！

在群芳烂漫、姹紫嫣红的阳春三月，三角梅也许算不了什么。但是，在风霜凌厉、花事阑珊的数九寒冬，平野山川触目皆是的三角梅，那一派生机，那一抹亮色，给人们眉梢心头，增添了多少欣喜，多少寄托，多少暖意！

热情奔放的三角梅，妩媚迷人的三角梅，生命不息的三角梅，我爱你！

彩色的翅膀

一场暴雨刚刚过去，碧空如洗，海面上波涛起伏。船有节奏地前后晃荡着。陪我同船前往宝石岛的，是个矮墩墩的战士，宝石岛观察通讯站的信号兵，姓高，刚从黑龙江回来。

小高在码头上有说有笑，这时候不吭声了，紧闭着嘴唇，两眼直发愣。他把他的大提包扔在一边，怀里紧紧地抱着一只纸箱子。

为了调节一下沉闷的气氛，我有意地同他开玩笑："我猜这只纸箱里，一定装着好吃的东西。从家乡带来的吧？"

小高淡淡地一笑："不，不能吃。"

"我才不信呢！"我一副认真的样子，"快公开吧，让我也尝尝。"

小高有点急了："真不能吃。里面装的是一些小昆虫、蝴蝶呀什么的，一打开就飞跑了。"

从没听说过战士探亲回来带这种东西的。我正想问个水落石出，可是小高的嘴唇又闭紧了，脸色比先前还难看。我知道晕船是什么滋味，便打住了。

　　傍晚,船把我们送到宝石岛。当岛顶的灯塔放射出雪亮的光芒的时候,观察通讯站站长拉着我,说:"走,参加我们的晚会去。"

　　这真是个特别的晚会。黑板上用仿宋体写着"尝瓜会"三个大字,小讲台上的白瓷盘里放着一个大西瓜。站长右手托起那个大西瓜,笑呵呵地说:"同志们,这是我们岛上结的第一个西瓜。今晚,我们开个尝瓜会表示庆祝,大家来分享自己的劳动果实。"

　　在一片欢笑声中,我了解到这个西瓜不平常的来历。

　　两年前,战士们来到宝石岛上,建立起这个新的阵地。他们在岩石下、小路旁,垒出一块块"海岛田",把从家乡带来的蔬菜种子,连同自己建岛爱岛的深情一起播种下去。去年，站长和战士们撒下了几颗西瓜子。瓜苗出土了，瓜秧拖蔓了，还开了一朵朵小黄花。可是到了收获季节，竟连一个小瓜也没结。有些战士灰心了，噘着嘴巴，说："西瓜嫌我们的岛艰苦，不愿在这里安家。"

为什么瓜秧开了花不结瓜？是水浇得不够，是肥施得不足，还是土壤根本不行？一位雷达兵懂一些农业知识，他找到了答案：西瓜开了花要授粉。小岛远离大陆，没有蜜蜂，也没有别的昆虫。西瓜花没授粉，当然结不了瓜。经他一说，大家才明白了。今年瓜秧开了花，他们仔仔细细地给每一朵雌花都进行了人工授粉。小瓜果然结了不少，水灵灵的，真惹人喜爱。谁料一阵暴雨过后，巨浪扑上了小岛，把小瓜一个个打掉了，后来一检查，只有大石头后边的一根瓜秧上，还残存着一个小瓜。他们像抚养婴儿似的照看着这个小瓜，浇水，施肥，一点也不敢马虎。奇迹终于出现了，这个岛上成熟了第一个西瓜。

站长把大西瓜切成薄薄的小片，盛在白瓷盘里，送到每一个战士眼前。战士们都笑着，用两个指头捏起一小片来，细细地端详着，轻轻地闻着，慢慢地咬着，不住发出啧啧的赞叹声。好像有一股甘泉，流进了每个战士的心田。

我推推坐在身旁的小高，笑着说："你那个纸箱的秘密，现在该公开了。"

小高说："你早就明白了嘛。"

"这么说,你真想让那些蝴蝶呀什么的在这里安家?"

小高点点头告诉我,晚饭以前,他已经把纸箱里的小昆虫全放了。他笑嘻嘻地说:"我就不相信,这些小精灵会不爱我们祖国的海岛,会不愿在这里安居乐业。"

第二天我醒来时,天已经放亮了。我忽然发现窗玻璃上停着一只蝴蝶,正对着朝阳,扇动着它那对彩色的翅膀。

鹤望兰和旅人蕉

假日,十岁的真真和八岁的贝贝跟着姨姨来到植物园。

啊!植物园里的花草树木可多啦:郁金香、百合、紫罗兰、玫瑰、睡莲、剪边萝、鹦哥花、常春藤、蚁栖树、大王椰……真是美丽极啦!

小贝贝左瞧瞧、右看看,最后停在一盆花前,拍着手叫:

"姨姨快来,你看这花儿长得多像动物园里的仙鹤,那嘴儿尖尖、腿儿长长,还有一对翅膀,要飞起来了!"

"贝贝真聪明,这花就叫鹤望兰哪!原来生在非洲喜望峰上,它那金黄色的花瓣就是一只鹤,鹤嘴还衔着一条兰草呢!花挺好看,可惜没多少香味。"姨姨指着鹤嘴边墨蓝色的兰草,笑眯眯地说。

"这满园的花,我最喜欢它了!"贝贝围着鹤望兰转,舍不得走开。

走过一棵芭蕉树下,姨姨停住了。真真说:

"芭蕉树——我们这儿到处都可以看到,有什么稀罕!"

"不！这可不是普通的芭蕉。这是一种很值得尊敬的植物哩！"

姨姨仔细地向真真介绍：在炎热的非洲沙漠上，当长途旅行的人们干渴难忍的时候，幸运地碰上了它，只要割下一片叶子，那清凉的水珠便一串串地落到人们的嘴里，给人去暑解渴，给人重新上路的力量。所以，人们叫它旅人蕉。

"呵，旅人蕉是雷锋叔叔！"真真充满感情地仰望着旅人蕉：

"这满园的树，我最爱它了！"

姨姨说："鹤望兰外表美，这当然叫人喜欢，旅人蕉长相平常，可它在人们需要的时候，献出自己，帮助别人。它叫人想起了美好的心灵……"

离开植物园的时候，贝贝和真真都说：

"满园子的花草树木，最美的要数旅人蕉了！"

五月五

每逢五月五,我便怀念起老祖母……

祖母生前,每逢五月五,总要用五色绣花线,扎成指甲般大小的精致的彩粽子,五、七、九个不等,用红丝绳串起,项链似的系在我的脖子上,说那是讨吉利的,系上它,一年四季祛病消灾。这一天中午,祖母还要把菖蒲、香艾插在临街的大门上,然后,把浸了酒的雄黄,用手指蘸了,在我的额头点上几点,说那是避恶驱邪的,点上它,便不怕歪魔邪道了。

"你没见过戏上演的《白蛇传》?那美女白娘子,本是蛇精,五月初五午时喝了雄黄酒,才现了原形的!"

其实,祖母心里也喜欢白娘子的,这样说,只是为了证明雄黄酒确实能治妖物。

慈祥的老祖母,九十五岁那一年谢世了,我也早已告别了美好的少年时光。然而,那绣花线扎就的可爱的小粽子,那菖蒲、香艾,那白娘子因它而遭殃的雄黄酒,却一直留在我的记忆里……

生活中,有美也有丑,有善也有恶。我的心头,是不是也要蓄着一粒彩粽子、一片香艾叶、一杯雄黄酒？

啊，每逢五月五，我便怀念起老祖母……

扒龙舟

儿时盼端午，盼那一年一度的"扒龙舟"。

端午那一天，家乡的父老，早早地便来到江边，齐齐地往龙舟上丢粽子，说是给一位古时屈死的忠臣送节……

那时，我常常是边咬着母亲亲手做的琥珀色的、鲜脆甜美的糯米粽子，边看龙舟竞渡。那弄潮儿得意的呐喊、那两岸彩蝶纷飞的人群、那一串串鞭炮似的笑声，曾给童稚的我多少美妙的喜悦和激动哟！可我并不晓得，那龙舟里还藏着一段汨（mì）罗江凄凉的风波，那粽子里还写着一段久远的民族的悲歌……

二十年了，我走回故乡，走回了金色的童年……

又是端午佳节，又是龙舟江畔——

那人鱼似的舟子，从身边跃过了，那流星似的船儿，从眼前飞走了……

是急急地去寻回屈子的英魂吗？

是苦苦地呼唤着当年的国殇吗？

啊，故乡端午的扒龙舟——这千古不移的忠贞哟！

三闾大夫啊，我情不自禁要想起《湘君》《哀郢（yǐng）》

《涉江》……想起《山鬼》——黄昏的山中，这美丽的神女披着薜（bì）荔衣、乘着文狸，寂寞地等待着心上的人儿……

我把多角的粽子轻轻剥开，挑出一片碧莹莹的上好粽叶，写上"沧海桑田，《离骚》已矣。往事兮如烟，屈子兮归来！"轻轻地、轻轻地，把它放进江水里……

旧　邻

原先，我与孙煌（huáng）对楼而居。两楼之间，仅隔着一条一米左右、伸手可以相握的小弄堂。我们的窗口，咫尺相对，彼此房内，一目了然。窗帘，是两户人家唯一的屏障。

我刚搬来那会儿，与孙家并不熟悉，只是彼此正好都拉开窗帘时，可以望见他家里走动着一对中年夫妇、两个女孩而已，姓甚名谁，全然不知，偶尔目光相遇了，不过是淡淡一笑，算是打招呼。

有一回在报社，美术组的老吴拿了几幅石刻版画给我制版，有羊蹄甲、相思树、日光岩、古炮台等，那刀功、那气韵，于盈寸之间，发挥得淋漓尽致，叫人好不欢喜。正欣赏着，门外走进一位潇洒魁梧、仪表堂堂的男子，老吴忙介绍：

"说曹操，曹操就到。这位便是鼎鼎大名的版画家孙煌先生，你手上这一组作品的作者就是他！"

他低头，我抬头，相对一看，不禁都笑了起来。

就这样，两位邻居，第一次真正相识！

一回，他有事上我们这一栋楼来，顺便踱进我家，前后左右浏览一番，说：

"我真替你发愁，三代五口，共此斗室，够饱和的了！加上人来人往，终日如蜂巢一般，怎么写作？"

"只有深夜……"我回答。

是呵，每当深夜，两座大楼里的男男女女都已进入梦乡，而我们两家窗前，却总有一朵晕黄的光焰，盛夏里诱着灯蛾，严冬里驱着寒意……

我们居室四周，热闹有如市场：三班倒的职工进进出出；楼下有食堂，烧、煎、煮、炒、洗菜、泼水之声，磨刀人、锯木匠、收买旧报纸、破铜烂铁的小贩形形色色的吆喝声，从早到晚不断；楼上，时有歇斯底里的高声谩骂……

在这样的环境里，每日每夜，他雕刻着、我涂写着，各自努力摆脱众声相扰的现实，为了心中善的世界、美的精灵。

我们都忙，为邻七载，还是为了陪伴一位画家我才到过他家一次。

他的府上也不宽敞，与画家盛名实难相称，但粉墙上吴作人、李可染、黄永玉诸大名家的手笔，一进屋便给人留下了艺术感。上千斤的寿山石和一橱橱的作品、卡片，占据了主人的大半房间。原来，他的那些远渡重洋、流传国外的佳作，产床就在这儿……

于是，对于这位芳邻，我的心中自然有了一种敬意。后来，经常想再去拜访，接受一点艺术的熏陶，终因穷忙，一直耽搁下来。

但见面的机会，毕竟是有的：虫声唧唧的夏夜，艰辛的笔耕之余，偶尔撩开窗帘，享受一下小巷来风，正好赶上他也掀帘临窗，这时，大家便会互相点头致意；有时，街头巧遇，相互道声："您好！"然后，他说，看到我的文章发在哪里哪里；我也说，看到他的力作，刊在哪里哪里，彼此似乎都有些观感要谈，但各自有事在身，加上行人如潮的大街，也不是探讨艺术的地方，只好三言两语，匆匆分手；有时是远客来访，找错了门，问到他头上，他便会打开窗扇，探出头来：

"小陈，有客！"

于是，一声"谢谢"之后，便又久违。

各人埋头于事业，相逢的机会总是不多。虽然，时时可闻斧凿解石之声，夜夜可见窗上浓浓剪影，言笑在耳，形影可及，交往呢，却似近还远，似亲还疏。

我喜欢他的石刻艺术，只是并非深交，也就不便索求。一日，听得对邻"咿呀"一声：

"小陈，开窗！"

我推开窗叶，只见塑料绳系着一个小纸包，吊在一根短短的竹竿上，从对窗伸进我家。我解开一看，一方寿山石印，端庄洒脱的篆（zhuàn）书刻着我的名字。我自然视为珍宝，从此，这枚石章便出现在我的每一本新书上。

几年间，我也出版了几本小书，总想取一册赠送给这位近邻，除了请教，也是"投桃报李"之意，无奈老是自惭浅陋，羞于示人，至今不曾送去。

在旁人眼里，我们这两户人家，彼此既无求于对方，又无利害相关，谁的存在与消失，与另一方，大概是毫不相干的。

岁月如流水，多少年过去，我搬离了旧址。

莫非人都有怀旧病？未迁居时，我曾经朝思暮想，渴望着早日结束那黑暗、嘈杂、三代同堂的蜗居生涯。待到经历了无数艰难，终于从两堵城墙的夹缝中解放出来，拥有了一方明净的小天地，心却怅怅然若有所失起来——

虽然，如今窗前有了阳光，窗外有了绿树，喧嚣之声离我家远去，黎明时分，间或还有小鸟嘤嘤啼唤，但邻家那亲切悦耳的斧凿叮叮，那漫漫长夜熟稔（rěn）的灯花灿灿，却从此在我的视线里消失……

我曾几次想去探望我的旧邻。因为忙，至今未去；他也几次说过要来看看我的新居，同样是因为忙，至今没来。

如水之交，却难相忘……

竹叶三君

旧友竹叶三君，多年久违了。可是，他的影子，却仍时时浮上我的心头。

其实，他是极平凡的一个人，木讷（nè）讷的，既不风流倜傥，也不善于周旋。我们之间，也只是一般同事而已。

十年前，我到闽南T县教育局奉职。局里的宿舍楼尚未盖起，总务安排我到一所小学去寄宿。

那小学校是旧时的孔庙，我的住处在大殿西厢，用杉皮钉起的一溜房子的头一间。大小不到六平方米，放得一床一桌罢了。逼仄（zè）倒无所谓，只是满眼蛛丝，房与房之间，仅用黄泥土坯垒了不足两米的胸墙。这些房子太古旧，没什么人愿意住的。

一个年轻女子住在那样荒凉破败的古庙里，实在不是滋味，可当时单位也确实有困难，我二话没说，认真收拾一番，买了一把大铁锁，便搬了进去。住了几天，倒也习惯下来。可喜的是门外那一棵红石榴，正在开花时候，坐在房内书桌前，伸手便可折到偎在木窗棂（líng）上火红的榴花。就是四周过于寂静，尤其夜里。有一天晚上，忽然看见隔房有灯光，却无声息，不知有人无人，是男是女。一夜惴惴，不敢入寐。

次日上班，问同事，同事们全乐了，指着紧挨墙角伏案办公的一位同志告诉我：

"俗话说，卜居先卜邻。你还不知道这位夫子是你的芳邻呀？对了，他下乡好些天，昨晚刚回来……"

原来是Ｓ君！这是全局有名的"老夫子"。年纪并不大，当时不过三十三四，1965年大学毕业的，写得一手活泼文章。只是为人古板，按部就班，话极少，不苟言笑。Ｓ君住在岳母家，房子太挤，要了庙里一间小房当宿舍。当时，尽管大家乐个不停，他仍低眉顺眼地看他手中的材料，头也不抬一下。

知道有近邻，到了夜间，胆子便壮了好些。只是男女有别，加上Ｓ君生性孤僻，彼此见面，有时连点头也免了。

夏末秋初的一个夜晚，月儿照在屋梁上，小老鼠吱吱地叫着。我在灯下看书，远远地，有甜腻的男子歌声传来：

"半个月亮爬上来，咿啦啦，爬上来，照着我的姑娘梳妆台，咿啦啦……"

这时候，我听见Ｓ君起来开了大门出去。过了好一会，便站在石榴树下喊我：

"小陈，要有什么响动，你睡你的，别作声！"

我应了一句，便熄灯上床。半夜醒来，见Ｓ君房里还亮着灯光。

我不明白，不哼不哈的S君，葫芦里卖什么药？

过了许久，我才知道，当时这大庙里，时常有外地流氓、本地泼皮前来作案。S君暗中悄悄地关照着我呢！

S君负责局里的秘书工作，大小总结、汇报材料、领导的报告稿之类，都是他一手写的。全县中学文科的教研工作，他也得抓。那年秋天，学校开学的时候，局长拍了拍S君的肩膀，笑呵呵地对我说：

"让他带你跑跑下边的公社中学吧。他来的时间长，比你熟悉。"

S君不会骑自行车，和他一块儿下乡，只好走路，我心里暗暗叫苦——每天出门，来回四五十里地，走路辛苦还在其次，和这样一位闷嘴葫芦在一起，多难受呀！

没想到，几回同行，却改变了我对S君的看法——一路上，S君总是主动向我介绍每一所中学、每一个初中点的学校布局、教职员人数、课程安排、教学情况、升学率，等等，娓娓谈来，如数家珍。和平日守口如瓶的S君相比，真是判若两人了。我们边说着话儿，边观赏乡野秋色，倒也不觉得累。S君挺细致，走上十里八里，便找个开阔干净处，自己先坐下来，然后招呼我："停停再走！"有时还穿插几句乡里见闻什么的，调节一下精神。往往他自己不动声色，我却笑得前仰后合。

有了S君的引导，我很快地熟悉了我的工作对象和工作内容。

有一次，在S君帮我设计了一次全县中学语文教学观摩会之后，我忍不住对他说：

"S老师，你是冷面热心肠。咱们若是能够长久共事，可就好了！"

他淡淡一笑：

"你来了，我也就该走了！"

"为什么？"

"我……出身不好，在县革委机关不合适，还是下基层好。"

"谁说的？"我瞪大了眼睛。

他摇了摇头。

"那么，我是你的取代者了！你干吗还那么认真教我、帮我？"

"这是两码事——怎么能因为个人得失，去影响工作呢？"

他仍然是淡淡一笑。

那时候，S君身体单薄，他的在城郊当小学教员的妻子又病着，一对幼小的儿女没人照料，他完全可以请假在家的；况且，如果真的要他离开局里，他更可以不必这样奔波了。可是，S君仿佛从来没考虑过这些，每日如行星一般运转。

八月中秋，S君从梵天山归来，兴冲冲地抱回一大把桂花，在路口遇上我，便递给我几枝：

"好香！拿回去用水养着。"

是夜，S君竟携了弱妻幼子，一起上我的蜗居来做客——我们虽比邻而居，却从不互相串门。

"稀罕！S老师今天一定有什么喜庆事？"我愉快地

招呼S君一家。

"没什么！过两天我到美峰中学报到去。同事半年多了，走前大家叙谈叙谈。"

S君依旧淡淡一笑。

S君要走，在意料之中；但走得这么快，却是意外。我的心情，立时黯淡下来。我没有支配人事的权力，挽留的话，说也白搭；安慰几句话——一样是工作，无非位置不同，S君泰然自若，我说什么，都显得多余。可是，想到这样一位良师益友，猝然分手，令人何等惆怅！再想想他们夫妇俩体弱多病，S君工作又拼命，在乡下，生活、医疗条件比城里差，日后自有许多艰难，心里更添几分酸楚。半天，我说不出一句话。

S君却比平日健谈，见我以手托颐（yí），沉默不语，便说：

"今后，工作中有什么地方需要我协助，给我写个信，我还来。"

"你一走，那么些文字工作，还有十来个中学，百来个初中点，我一个人怎么挑得起来？"

"你看这桂子，花有芳香而无美色；那窗外的石榴，花有美色却无芳香。你我也一样，各有所长，各有所短。担子重，可以锻炼你的能力，发挥你的长处。"

S君的话固然没错，可我心里总觉戚戚。信口问道：

"全家都走？淑芳姐也调去？"

"是的！"

我知道S君去意已决，便不再多说。倒是他的妻子殷殷地嘱了我有关人情世故、起居寒暖等许多话。

过二日，S君办了手续，把家先搬往乡下，然后找我移交工作。

S君离开县城那一天，正是重九。家属走了，他单身一人；便不乘车，步行着去。我们几位同事送他，一路走着，仿佛远足一般，山路两旁，一片枫树红艳照人。S君摘了一片枫叶给我：

"霜叶红于二月花啊，小陈！"

那时，S君正在英华有为之年，用枫叶比拟他自然不妥。可是，我却觉得，S君的性格虽落落寡合，淡泊如水，可他的工作精神，如榴花一般热情喷薄，他的待人，如丹桂一般馥（fù）郁温馨；他的深心里，自有枫叶一般的气质；风风雨雨，安之若素，不争春荣，笑迎秋霜……

后来，由于工作需要，我也离开了T县教育局，远去A市。

临走前，专程去了一趟美峰中学。可惜铁将军镇门，学生说：

"S老师上白云大队家访去了！"

淑芳姐不知上哪儿，也没见上。以后一晃八年，彼此并无通信，情形便一无所知了。

不久前，有T县旧友来A市。陪他去海滨游览的路上，我迫不及待地打听S君近况。

"S老师？哦，'老夫子'！T县的状元教师哟——美峰年年高考夺魁！去年春上提起来当教育局局长，又是县中国台湾同胞联谊会副主任……有四十二三了吧？终日陀螺一般地转。也怪，比当年咱们同事时，还显着年轻！"

T县友人啧啧连声。我的眼前，清晰地映现了S君清癯（qú）的形容；映现了S君曾经抄赠我的两句白香山诗："试玉须烧三日满，辨材应待七年期"；映现了与S君分手时那一派灿烂如画的枫林，那一枚明艳如火的枫叶……

我轻轻地吁了一口气，心境顿时如大海一般宽舒。

望着水天一色的远方，我对T县友人说：

"海阔凭鱼跃，天高任鸟飞啊！"

友人心领神会，颔（hàn）首微笑。

S君曾于隆冬风雨夕，与我们二三友人作联对游戏。一友出旧对："虎行雪地梅花五"，我对曰："鹤立霜天竹叶三"。S君以为对得有趣，又道竹质实心虚，是林中谦谦君子，从此便以"竹叶三"为号。笔者是以称之"竹叶三君"！

良 宵

能够像母爱那样抚慰人的记忆，莫过于故乡闽南的元宵了！

闽南元宵的繁华，以侨乡泉州为最。梨园戏《陈三五娘》有唱词："元宵景色家家乐，箫鼓喧天处处春，上下楼台火照火，往来车马人看人"，便活脱脱是泉州灯节的传神写照了！难怪，一年一度远渡重洋前来观赏故乡灯节风采的海外侨胞、彼岸乡亲，真是挨肩接踵，难以计数。

听说今年古城灯会盛况空前，好不容易等到元宵，我忙里偷闲，匆匆由厦门驱车赶赴泉州。

进得城来，已是万家灯火时分。只见满街人潮如涌，万头攒动，几无插足之地。家家门前，莫不张灯结彩，百态千姿的花灯，照得人眼花缭乱。

远远地，便望得见缀满无数星星的东西塔，美丽奇伟有如童话里仙苑中的塔松，光华四射、直逼霄汉。我的心一下子被勾走了，顾不得大街彩灯缤纷、倩女如云；顾不得小巷春花映月，南音似水，迎着双塔灯火，直奔塔下万灯荟萃的唐朝古庙开元寺。

啊，开元寺，灯的世界！在这儿，人山人海，倒全都成了灯的点缀、灯的陪衬了。

一跨进古庙，迎面一盏极为精致的彩扎如意春灯，高二尺许，檀（tán）香云纱敷面，梅、兰、菊五色花卉衬底，曲草镶边，明珠彩绶。微风吹来，暗香浮动，叮当如玉。灯内有虎皮鹦哥三只，或蹲或立，嘤嘤鸣啭。见客来，偏起头，媚眼滴溜溜地睨（nì）人。区区一灯，花香鸟语，声、光、色、味俱全。这名副其实的"春灯"，装下了一整个南国的春天。

一殿一殿往前走，不得了！今年灯会果然非同寻常——那琉璃、料丝、通草、纱罗、绢、纸、塑料等扎制而成的绣球灯、宫灯、山水走马灯、花篮灯以及莲、茶、橘、荔、菠萝、花佛手；龟、鹤、鸥、鹭，熊、虎、龙、凤；扇、钟、磬、鼓，地球、火箭、卫星，古今人物、四时花卉等成千上万种花灯；浓艳的、清丽的，古拙的、新颖的，精雕细绘的、争奇夺巧的，在朦胧如梦的灯影里，无不栩栩如生、楚楚动人，叫人一回回仰首顾盼，不忍离去。至于二龙抢珠、百鸟齐鸣、对虾戏水、鲤跃龙门、福字双春、双喜临门、月藕莲心等诸般花灯，耐人寻味的就不止是工艺的精湛——古城人民对于年丰岁饶的喜悦，对于新春美好、吉祥的憧憬，尽在那一盏盏花灯里默默地向你诉说了。

忽然，我发现了一盏别具一格的吊灯——那么晶莹剔透呵！那不是惟妙惟肖的东西塔吗？灯光摇曳里，"双塔"如羊脂玉一般熠熠生辉。它用什么材料制成的呢？我猜想不出。恰好灯会负责人曾盼盼走过来，我忙拉住问她。

"这是源和堂职工雕制的冰糖塔灯呀，新品种哩！"小曾不假思索地回答。

哦！源和堂，这驰名全球的泉州蜜饯厂。光它的名字，便足以惹起海外游子浓郁的乡思了，更何况它塑的古城标志——凌云双塔？

我正叹服于塔灯主人的匠心独运，却听得身后有细微唏嘘之声，令人好生奇怪。掉头一看，原来是那长廊石柱旁，有一位五十开外的妇女，拿着一方素帕在抹泪。

"阿婶，身体不舒服？丢了小孩？失落了钱包？"我上前去，急切地问。

"不！"这位螺髻（jì）簪（zān）花、风韵犹存的中年妇女，低着眉，微微地叹口气，不搭一语。

我问不出个所以然，猛抬头，却见廊前挂着一盏灯——一颗红心，立于五线谱勾勒的滔滔白浪之上。"心"的一面是宝岛台湾，另一面是大陆版图，分别写着"海峡两岸同心""江山一统如意"。哦！"心声灯"——灯盏里有涛声阵阵、呼唤声声！凭着新闻记者的敏感，我断定这位妇女是台属。

"阿婶，这儿人多，我们出去走走！"我提议。

那位妇女也不见外，缓缓移步，和我一起离开了繁华的灯会，朝边门外的西塔走去。

"你有亲人在台湾吧？"

"成亲没满月，他就走了……"

啊，这月圆如镜的良辰，竟是离人愁肠寸断的时光！我能用什么语言，来劝慰这位"每逢佳节倍思亲"的女人？况且，据说现在泉州在台人员不下千人，本地台属就有六千多人。在这满目华灯、歌舞升平的神仙境界里，古城之中，对月唏嘘、临灯垂泪的，又何止一个偶然邂逅的"阿婶"？想到这里，不知为什么，我眼前霓灯般绚丽的彩灯，顿时黯淡了许多……

我俩相对无言……

幸好曾盼盼风一样地旋来：

"阿母，让我好找！快快帮我挂灯，好几个单位又送灯来参加展出了！"

啊，真是巧，这位妇女竟是盼盼的母亲！我忙催着："快！阿婶，我陪你一道挂灯去！"

……

待我离开寺庙，新嫁娘似的一轮初月已经露面。城里城外，一对对花枝招展的年轻夫妻、情侣，纷纷相携出门赏月睇灯；街头巷尾，一伙伙兴高采烈的孩儿，得意扬扬地迎灯放爆竹；家家窗下，传出了主妇们舂（chōng）米做汤圆的笃笃声……这时，一阵阵撩人心魂的《正月点灯红》《元宵十五》《远望乡里》之类的南曲飘飘而来，我才想起，南音元宵大会唱即将开幕，只好放弃欣赏那十里花街、处处围观如堵的南音歌台，拿了邀请书，急急赶往市工人文化宫——

这里，一大批来自菲律宾、新加坡、印尼等地的海外南音弦友和厦门、漳州、永春、安溪一带的闽南弦友正欢聚乐坛大显身手，琵琶箫管，曲遏（è）行云；燕唪莺啼，夺人魂魄。那洋溢着故乡情调的《纱窗外》大联奏，如轻烟袅袅，如流泉汩汩，如情话款款……一下子拨动了场内千把名观众的心弦——台上演奏，台下按拍唱和，不论是妙龄少女还是八十老叟，一个个醺醺然如痴如醉、如梦如幻。那一种出神入化的情景，真是只可意会而难以言表……

阿原先生，这位来自宝岛台湾的年轻的节目主持人，这位深明大义的炎黄儿孙、闽南山川之子，风度翩翩地上台了——表演了清新明丽、充满乡土气息的小品《一把小雨伞》，博得了满堂彩。他很快活，又用闽南方言唱了一支自己改编的台湾民歌：

故乡好景色，点点人情味，感动我心内，有谁能了解？
……男性不是没有眼泪，只是不敢流出来！

他唱得那么情真意切，那么悱（fěi）恻（cè）动人，在场许多乡亲听了，止不住滴下泪来……

在这弦歌一堂、宾主尽欢的美好时刻，我问阿原先生：

"您在台北，颇负盛名，身居高级住宅，出入小汽车代步，况且高堂健在，为什么会想回大陆呢？"

阿原爽朗地笑了：

"因为我是中华的儿子呀！"

我听了，心头一热。是啊，我们都是中华儿女，不管山高水长，我们总要走到一起！

啊，阿原先生，您为家乡甲子元宵增添了几多温情，几多喜气！您又给故土父老，增添了多少对彼岸亲人的思忆！

……

南音会唱刚告一段落，泉州文友老陈便告诉我，花灯、南音是元宵的抒情诗，而那源于隋唐、流传至今的满街鼓乐齐鸣，一城欢声雷动的古老的"踩街"，则是元宵的进行曲了。他自告奋勇，带我看"踩街"去。

啊，那是怎样充满古典风情的全民性的文艺活动哟——月华如水，灯火通明，倾城男女老幼，无不涌上街来，筑成密不透风的十里人堤，严严地围住了那一群群弄狮舞龙，一出出古今戏剧，一支支民间舞蹈，一曲曲喜庆唢呐，一首首典雅南曲，一排排精巧花灯汇聚而成的喧腾的长河……

人们尽情地唱呀、跳呀、笑呀、闹呀——每一个角落，都充满了光明，充满了温暖；每个人心头，都弥漫着温情，流漾着希望。一年蕴积心中的情愫，都在这狂欢之夜得到倾泻；一年劳作的艰辛，都在这美好的一刻得到补偿；平生的悲欢离合，都在这忘我的一瞬得到解脱……

我像一条鱼，漫游在欢乐的"踩街"的河。当彩色的人潮慢慢退去，我经过百源池畔，犹见满天焰火，如天女散花，灯月交映，明亮如昼。走着走着，遇见一行碧眼黄发的青年男女，提着荷花、鲤鱼、润饼各式花灯，谈笑着，兴冲冲走过。到了人群拥挤处，他们便各自护着灯盏，将它高高举过头顶……

啊，古城的元宵，这是怎样迷人的温馨的节日呵！

这一夜，冷寂的心会变得热烈，铁石人儿会变得温柔，人们眼中的世界，会变得神话般璀璨瑰丽。就是远道而来，习俗迥异的外国友人，也无法抗拒它神奇的魅力……

描写闽南元宵的华章丽句不少，我能记住的不多。可1982年，蔡其矫先生题于泉州开元寺的《花灯》，我却总不能忘怀：

> 永不疲倦的皎洁雪白
> 散布光辉在最初节日
> 冷暗中温暖了众人的心
> 有月相照、有花装点
> 即使相处短暂又分别
> 一生都对它长记忆

啊，这有笑有泪、欢悲交集的古城灯会；这有花有月、永难忘情的故园良宵；"即使相处短暂又分别"，谁能不"一生都对它长记忆"呢？

小楼春雨

一个烟雨迷蒙的黄昏，我匆匆穿过城东一条幽深的小巷。

一枝斜逸墙外的粉梅，钩住了我的尼龙花伞。我抬头一望，啊，楼上的乳白色球形吊灯多像一轮明月！料峭春寒里，一下把我的心照暖。

我想起了苏珊娜——娟丽、聪慧、多情的阿珊……

二十几年前，我们一起随长辈从南洋回故乡，她就住在这幢父亲置下的哥特式的黄楼里。

从小学到中学，我俩都在一个学校，天天形影不离，一起出入这幢小楼。有一回我病了，两天没上学，珊娜竟在教室里抽抽搭搭地哭起来。

那时候，珊娜的阿嬷还在。老人爱养花，把院子侍弄得像个小花园。在她们家里，我见过春的夹竹桃，夏的茉莉，秋的蟹爪菊，冬的红梅、白茶、剑兰……我的母亲和不少归侨朋友都喜欢上这儿来，和老人一起喝咖啡、叙家常，相互打听南洋亲友的近况。

珊娜和我都热爱文学。上中学后，两人常躲在小楼里看书。有一天，我们合读一部法国小说，看到书里描

dong an lu

绘的巴黎郊外景色：娇艳的秋阳下，美丽的松鼠在金色的森林里快活地跳来跳去……我们都沉醉了，恨不能骑上神奇的魔毯，一下子飞到"枫丹白露"①。

后来，一到假日，我们常常一起到公园，倚在晓春桥畔寻诗，躺在琵琶洲上望月；一起到菽庄，坐在"海阔天空"下听潮，浮在千顷碧波上浴日；一起到万石岩，登上"天界"揽天风，钻进"仙洞"探仙井……

我对珊娜说："枫丹白露算什么呢？雾巴黎一朵苍白的花罢了。还是我们的故乡美！"珊娜快乐地大叫起来："故乡万岁！"

珊娜是一位出色的小提琴手。记得她为我演奏过克莱斯勒的《维也纳随想曲》，琴声凄伤处，催人泪下，而她一拉起《美丽的罗斯玛琳》，女孩子们便忍不住要翩翩起舞。

后来，珊娜的阿嬷去世了，父亲把她接到海外。她家的小楼几经辗转，最后成了一家街道办的玩具加工厂。一到夜间，黑漆漆的不见人影。

依然春花秋月，可惜人去楼空。从此，每回经过小巷，我总匆匆而过。抹不去的思念如潮汐，朝朝暮暮上心头。

珊娜在法国求学时曾给我来信："枫丹白露迷不住我，'月是故乡明'啊！可是，小楼几易其主，纵使归

---

① 枫丹白露：法国大巴黎都市区的一个市镇，著名的历史古迹和游览地。

去，何处落足呢?"

转眼十年。今夜，小楼怎又亮起灯光？

蓦然间，《F大调奏鸣曲·春》那生机盎然的旋律像鸣泉，从楼上潺潺流下，打断了我的沉思。

"阿珊!"我用劲地敲门。

"啊，莺姐！我是阿琳。珊姐乘下一班船回来过春节。快上楼吧！政府把楼房归还我们了，我刚回来没几天。"苏珊琳一把将我掖上久违的小楼。

满城春雨，依然默默无声地下着……

故乡风情

一串风铃花
——银城漫忆

有一串轻盈的风铃花,叮叮咚咚地,摇曳在我记忆的马车上……

小　城

银城,一只亮亮的银元宝,一朵小小的马蹄莲。一条红泥公路,由城郊向城关延伸——

路上,汽车、拖拉机、单车、独轮车、牛车,各自唱着不同韵律的歌;梳盘髻(jì)、簪(zān)一头时鲜花朵的妇女,扎花帕、系银腰链的姑娘,斜盖苇叶竹笠,插杆旱烟袋的壮汉,横着楠木或青竹扁担,颤悠悠地,穿梭般来去。

路两边,扶疏的相思树和凤凰木,掩映着高矮参差不齐的店铺和楼房,当中穿插几座农舍,白花岗岩墙裙,红瓦墁顶,飞檐翘脊,门前一汪碧水荷塘,屋后几株芭蕉红荔……关不严的鸡鸭鹅猪,有时竟坦然地踱上公路,车子来了,有的扑楞楞地飞,有的摇晃晃地跑……

　　进城要过一道溪，名西溪，溪上架一座桥，叫西桥。桥下边，溪水儿也随海潮起落。涨潮时，青毵（sān）毵一派流水，在初夏柔和的阳光里，绿缎子般地闪光。溪心里插几片水稻，飞着鹭鸶，那缎子面上，便绣着活脱脱的翠草、水鸟！浣衣女子，一群群来了，沿溪数里，杵声一声递一声地，如南曲散板……落潮了，那溪沙，雪似的，不掺一点杂色。白天里，有农妇晒衣被，有渔人晾鱼网。夜里，便有双双对对的小儿女，在合欢树下，诉说着千秋不变的话题；在滩头滩尾，留下亘古常新的脚印……

　　进了城，便是两条交叉的街道，人称十字街，宽不过四五米，商店倒是肩挨着肩，八方物品齐集，四时瓜果满架。只是，几栋大楼除外，店面多半小巧，豆腐块似的，有一眼望穿之弊。

　　城里小商小贩，大抵秤杆翘得高高，买主临走时，还给添上一把青葱、一截甘蔗、一把花生米什么的。买主也随和，不大会讨价，也不去瞄秤星[①]。

　　城里城外果树多，东家探出龙眼、枇杷，西家冒出芒果、木瓜，行人从不伸手。有不懂事的娃儿上树去摘一个两个，主人便把他抱下来，挑熟果子扯下一串塞给他，催他好好走回家。

　　银城，东海之滨一个朴素得不起眼的村姑；银城

[①] 秤星：镶在秤杆上的金属小圆点，作为计量的标志。

呵，我的生命的一个必不可少的、温暖的摇篮，我的青春的一个小小的、难忘的停靠站！

琴　声

那时候，我刚从北国归来，住在小城招待所里一栋披满常春藤的小红楼上。

每天黄昏，一踏进清静的小楼，便有柔婉的琴声，柳絮儿似的轻轻飘来——

人们都说你要离开村庄，我们将怀念你的微笑，你的眼睛比太阳还明亮，照耀在我的心上！
……

我常常不由自主地驻足谛听，直到一曲终了。

某月夜，我终于看见邻家天台上，放着一把亮棕色的吉他。

"为什么，总是《红河谷》？难道，你只学会一支曲子！"望着吉他的主人，我不无揶揄地诘问。

"这——听说，您喜欢这支歌……"琴主——一位年轻的音乐教师，用浑厚的男中音低声回答。

哦，这般古朴的城，也有这般浪漫的心！

那美好的旋律，至今仍收录在我生命之春的唱片上……

阿 兰

我居住的房间，有一个大窗，一株双人才能合抱的玉兰，斜伸干枝，手臂似的搭在我的窗棂上。

盛夏，玉兰开花时节，常有片片白玉，随风飘进房内，明窗净几，满室生芬，真是幽雅极了！

有一晚，我做了个梦：

窗台的玉兰树上，走下来一位穿白衣裙的女郎，轻轻地，坐在我床边……

我把它告诉阿兰——小楼的服务员，一位来自乡下的小姑娘。

阿兰伸了伸舌头：

"长辈说，这玉兰老得成精了，会化作花仙来引逗人的。传来传去，大家都不肯住这儿——莫不是花仙真找你来？"

我笑了：

"可惜只是梦中相会，要真来了，才有意思呢！"

阿兰又伸了伸舌头：

"你好大胆！"

从此，长长一夏，阿兰每日见我，第一句话便是："昨夜花仙来过没有？"

可是，玉兰花仙却连梦里也不肯来会我了。

多年后，当我再度和阿兰相逢，一见面，她便高高兴兴地对我说：

"打你走后,那房间便不断有人住宿了!"

哦,阿兰;哦,玉兰花!

往事如烟,却多么令人怀念!

海 梦

清晨,我常常坐在东溪畔的古榕下,静静地,等待着朝霞从山后醒来,看她酡(tuó)红的笑靥怎样缓缓地晕遍一溪流水,看一群群翠羽斑斓的鸭子,怎样悠闲自在地穿过丛丛苇竹浮水而去,看榕树老人的长髯(rǎn),怎样在清溪里水藻般的摇曳……

傍晚,我常常站在东溪畔的古榕下,静静地,陪伴着夕阳,看她怎样悄悄地走下山岗,然后,邀了放鸭归来的小孩,在溪边,慢慢地,用各种颜色的鹅卵石,一起铺砌五彩的小路……

那时,生活无波无澜如同平静的溪流。

可是，我并不快活。

我的心里，老是构思着一个梦，一个关于大海的梦——

那里，有蔚蓝无际的天和碧绿漫长的水；

那里，有黝黑的礁盘和雪白的浪峰；

那里，有欢欣也有忧虑，有安宁也有危急；

那里，有活泼泼的生，也有轰轰烈烈的死……

啊，恬淡、美丽的田园，那只是我忙碌的生命里匆匆寄足的驿站，而大海的风情，才是我永恒的追寻！

为了海梦，我终于离开了，离开了这秀丽、安谧、温情脉脉的小城！

狮城琐忆

流逝的时光,是离枝的黄叶;温馨的记忆,是常青的藤蔓。

乳　娘

她是马来人。她的名字,好像叫玛达。因为排行第三,我家的人依唐山[①]习惯,唤她阿三。

阿三的家在柔佛丛林的一条小河上。丈夫漂流到摩鹿加群岛去了,凶恶的毒蟒,咬死了她的孩子。贫穷和忧伤,迫使她离开了故乡。

我出生那年,阿三到我家来帮忙。那时,她还年轻,在我的印象里,她常常穿柠檬黄的纱笼,紫罗兰色的花衫,乌黑的头发总挽在头顶上,插一柄玲珑的银汤匙,亮晶晶的眸子一闪一闪,仿佛能迸溅出火花。

我都三岁了,阿三还老用背带把我背在腰间,每天

[①] "唐山",当时华侨对祖国的爱称,并非指河北省地名。因为唐朝在中国历史上的强盛和在海外的影响力,海外华侨华人往往称自己为"唐人",称共同聚居的地方为"唐人街",称祖国为"唐山"。

带着我上巴刹①去买菜。她时常用自己的工钱,给我买糖炒椰丝、槟榔、咖喱牛肉面。每回我病了,她便急得流泪,一夜夜守护到天亮。她从来不肯让我独个儿进花园,怕我碰上"蛇妖"……

阿三只读过三年书,知道的东西可不少。

一到晚间,便给我讲些有趣的故事,哄我睡觉。

"新加坡又叫狮城,你懂吗?"有一回,她这样开场。

我好奇地摇摇头,望着她那一双星星一样的秀眼。

她说,七百多年前,室利佛逝国的圣尼罗优多摩王子,带领他的马来随从来到这儿,看到岛上荒无人烟,心里很失望。正想离去,忽然,不知从哪儿跑来一头狮子,站在他眼前。他高兴极了,便把这海岛叫作僧伽补罗,也就是新加坡,意思是狮子的城。从此,那王子便当了狮城国王,这里也就成了一个有名的港口……

阿三会唱马来民歌。她的充满异国情调的动人的歌声,伴随我走完童年绿色的小路。

……

我长大了,回到了我亲爱的祖国。

妩媚的南洋,传说中的狮城国王,离我已非常遥远。狮城的人事,随着日月运转,也渐渐朦胧如烟。

唯有阿三,这如同母亲一般的乳娘,却时常在静静的夜晚,来到我圆圆如月、悠悠如水的清梦里——和当年一样,依然穿着艳色衣裙,依然忽闪着黑亮明丽的大眼……

---

① 巴刹,来自马来语,意思是市场、集市。

旧　居

　　从前，我家住新加坡直落亚逸，它在巴塔山的山脚下，靠近新港的地方。

　　那时候，新加坡城镇的郊外，有着非常美丽的种植园，栽种着胡椒、咖啡、甘蜜，生长着甘蔗、椰子、橡胶，还有一片片的丁香和豆蔻，终年播着碧绿的叶子，结着十分可爱的鲜红的和淡黄的果实……

　　我和乳娘，到过马来人的甘蜜园，看见围着纱笼、晃着大耳坠的土著女人，弯着身子，拨着红艳艳的火苗，煮着甘蜜叶……

　　我和爸爸，到过华人开发的菠萝山，去看望一位乳

名阿寿的乡亲，和他一起住棕榈叶搭起的"亚答屋"里，听他讲述小时候和他的父亲一起开垦种植园时，遇上老虎和强盗的惊险……

我的旧居是一幢漂亮的洋楼，楼上迎街的一面全是明亮的落地玻璃窗，坐在房子里，可以看见门外五光十色、车水马龙的世界……

如今，我还会依稀记起，旧居楼头，那日夜耳濡目染的"东方明珠"的繁华模样：那些花花绿绿的街景、风度翩翩的绅士和衣着入时的贵妇们……

可能够在我心头留下温情脉脉、历久弥新的思念的，却是远离旧居郊外的那些可爱的种植园，还有那些用双手砍伐了丛林、开辟了田园、修造了港口、建立了大厦的华侨叔伯和马来朋友。

逝去了，赤道上的童年！逝去了，甘蜜园和"亚答屋"温暖的夜，那一片忽明忽灭的、永难忘怀的彩色灯火！

迷人的诗魂

在祖国的东南海疆，有一个迷人的小城。她凌立碧波之上，像玉盘中一茎婷婷的水仙，像翠湖里一朵妩媚的睡莲，像一只掠水的白鹭，像一艘彩色的楼船。"卷帘遥岫（xiù）层层出，望海轻帆片片悬"，写的是这个海岛天然潇洒的风韵；"厦庇（bì）五洲客，门收万顷涛"，说的是这个城市宽广豪放的胸怀。她，就是厦门。

花之岛

厦门，这"春来春去不相关，花开花谢何日了"的亚热带名城，一年四季，抬头是绿，低头是绿，人们生活在绿的空气里，不知道大自然有冰欺雪扰。所以，人们称之为"绿岛"。

隆冬时节，从凛冽的风雪里远道而来的北国游人，踏进小城，只觉得眼前陡地一亮：那墨绿的相思树、碧绿的椰树、猩红的玫瑰、粉红的蔷薇、淡黄的蜡梅、金黄的菊花、艳紫的三角梅、雪白的茶花……姹紫嫣红，或长街迎客，或墙头招手，或小院窥人，或幽窗弄姿，真是遇目成色、入鼻皆香。人们只觉得置身春风里，自己也变成这南国花城中的一株树、一朵花了！

涉足厦门的旅人，都不会忘却那给人以美好精神享受的亚热带植物园。这里包罗了松杉园、棕榈岛、玫瑰园、兰花圃、龙眼荔枝园等二十几个专类园和种植区，培育了三千多种奇花异草、佳果美树。这儿有外国学者奉为至宝、人们称之"活化石"的古代孑遗植物水杉、银杏，有世界三大观赏树——中国金钱松、日本金松和南洋杉；有非洲旅人蕉、印尼糖棕、牛蹄豆、巴西咖啡树、红果，西印度箬（ruò）棕、大王椰，有直径两米、世界称奇的王莲，有数百种千姿百态、名噪海内外的热带仙人掌；这儿有产于我国而传遍全球的十大名花，还有来自非洲的天竺葵、鸡冠花，来自欧洲的金鱼草、仙客来，来自美洲的长春花、月下香，来自南洋的白纸扇、狗尾红等等；至于那"移花接木千里外，雕山塑水一盆中"的万千盆景，更是任你妙笔生花，也描摹不尽；真是名花异卉，争娇夺艳；万紫千红，荟萃一城。

海之城

这芬芳绚丽的花城，更引人入胜的地方，还是那变幻万千、神奇莫测的大海。既是壮怀激烈、呵气成虹的伟丈夫，又是含情脉脉、风流蕴藉的俊女子；旷达、深沉、气象万千又缠绵悱恻、侠骨柔肠；给人以美的陶冶，诗的灵感，哲理的启迪，奋斗的楷模——这，就是厦门的海。

厦门的海,最令人依恋的是港仔后的海景,那是天地玄妙的造化。

厦门有鼓浪屿,岛上有山名曰光岩,平地崛起于港仔后海湾。登上日光岩,只见远山浓黛,近水柔蓝,水天相衔,轻鸥点点,风帆漂浮其上,日月沐浴其中。大潮来时,长风鼓浪,波推涛吼,有如千军万马奔腾呼啸而至,这是气势磅礴的"白马潮",望之令人血沸心热,豪情荡胸。难怪当年民族英雄郑成功要选择这儿操练水师了。

下日光岩,步入多少中外游客为之流连忘返的菽(shū)庄花园。那里,错落有致的亭台楼阁、伟岸俊逸的红棉翠椰和芳香迷离的花廊曲洞姑且不说,仅它的依山偎海,园浮海上,海蓄园中,就够令人叫绝!在"春江潮水连海平,海上明月共潮生"的夜晚,上下天光,一碧万顷。立"听潮楼"上,倚"小兰亭"畔,眼见轻纱笼海,数叶扁舟神游空濛;耳听细浪吻沙,一脉幽思,因潮起落。春风过处,钢琴声声;琵琶缕缕,柔曼的舒伯特小夜曲、优雅的《梅花操》……穿山渡水而来,使人觉得"此曲只应天上有,人间能得几回闻?"园中,那"长桥支海三千丈,明月浮空十二栏"的四十四曲桥,游人们或静坐,或漫步;或骋目清思,或和涛微吟。彼时彼地,天、地、人似乎融为一体,迷幻中令人有羽化登仙之感。遇上风雨交加的日子,大雨落则白浪接天,如张羽煮海;细雨飘则水晕墨染,似西施浣纱。比起风和日丽之时，更有一番缥缈空灵的神韵。

智慧之乡

杜诗云："造化钟神秀。"厦门，堪称地灵人杰。这里，是明末清初著名民族英雄郑成功为收复台湾而厉兵秣马、挥师东征的地方；这里，是我国近代反抗侵略、以身殉国的爱国名将陈化成将军的故里；这里是捐资千万、毁家兴学、名扬中外的爱国华侨陈嘉庚先生的桑梓；这里是世界乒坛冠军郭跃华、世界羽坛冠军栾劲、世界跳高健将倪志钦和亚洲田径明星郑达真的故乡，是蜚声宇内的钢琴家殷承宗、许斐星和我国知名作曲家李焕之的家园；这里有世界闻名的数学家陈景润、中国著名化学家卢嘉锡和经济学家王亚南学习和工作过的厦门大学；这里风光如画的鼓浪屿是举世皆知的音乐之岛；这里秀色可餐的集美镇是饮誉四海的著名学村，二点八三平方公里的小镇，竟有大、中、小学和各类专业学校十二所，培育英才遍布全国和东南亚。

如今，厦门是我国四大特区之一，触目可见鳞次栉比的高楼、雨后春笋般的万吨泊位、工地上喧闹的人流、大厦里云集的商贾。随着特区建设的兴旺发达，美丽的绿岛，像一颗晶莹的绿宝石，愈来愈引人注目了：华街幽巷，随处都有外宾、华侨、港澳同胞、台湾同胞；来自祖国四面八方的知名艺术家，描绘这儿的碧海青山，抒写这儿的风土人情，歌唱这儿的沸腾生活。

厦门，未曾走访的人们，常常怀着一片神奇的憧憬，曾经来游的客子，往往留下一缕痴情的相思。这，不只是因为她那充满亚热带风情的花容海色令人倾倒，更惹人眷念的，还是创造了丰富艺术文明、精神文明和物质文明的人民。像花一样朝气蓬勃、像海一样豪爽多情的厦门人民，他们赋予这里的一山一水、一草一木以醉人的诗情。所以，这里的鲜花和大海，这里的生活和奋斗，一切都是诗。

永恒的春天，神奇的大海，智慧的人民构成了绿岛瑰丽的诗魂。远方的客人，你们能不向往这迷人的诗魂吗？

星洲[①]如梦

> 不向东山久，蔷薇几度花！
> ——李白《忆东山》

曾经千百次海隅（yú）漫步，远眺沉沉一线青山，想象着梦中的南洋、那一岛如星的地方；曾经千百次月夜徜徉，遥望茫茫天际疏星，回想起异国的童年，那扑朔迷离的时光……呵，星洲，我的血肉之躯衔环落草之地，我的双亲半生萍踪之旅，我的祖父游魂漂泊之乡。除了中国——这深埋炎黄之根先人骨殖的热土，世界上再没有一个国家，能像你那样令我魂绕情牵……

梦里星洲

自从红灯码头买棹归来，从此一轮秋影转金波，星洲梦里，梦里星洲，弹指间已是数十个年头……

日月永远年轻，而回忆总是古老，虽然光阴流逝，人

[①] 星洲，新加坡的别称。

间变化万千，但时时来我梦中的星洲，依然是儿时模样。

那时候，新加坡岛上，到处种满了甘蔗、树胶、甘蜜、椰子、米谷和胡椒；新加坡河上，偶尔还有鳄鱼逍遥。在这个印度洋、太平洋、大西洋三大洋航海家们聚首相会握手言欢的举世闻名的港口，来自世界各国的船舶悬挂着五彩缤纷的旗帜，停泊场上，搬运工人们用着各种语言高声叫嚷。如果你是外国游人，那些手脚灵便的儿童小贩，便会笑眉笑眼地追随左右，殷殷勤勤地塞给你珊瑚、贝壳、鹦鹉、檀香盒子以及各种各样的工艺品，那一份热情令你即使客囊羞涩，也无法空手离去。

那时候，新加坡的"的士"还很有限，街上随时可见印度人驾驭的系一串铜铃的马车，满街叮叮当、叮叮当地招摇而过；人力车也比比皆是，车夫有马来人也有中国人，他们最熟悉的几个英文单词是 ship（轮船），city（城市）和 club（俱乐部），无论客人向他们诉说什么，他们总是温和朴实地笑一笑，回答一句"Yes，all right（是的，当然）"，然后沉稳地拉起车，款款地把游客从城里拉向码头，或者从码头拉往妓院星罗棋布的街区。

对于中国人来说，旧日的星洲街市有着非常浓烈的华埠韵味，甚至不少街名也一如我们家乡，因此令人终生难忘。那儿有条街，名叫间口，又叫宝字街场，是三四十年代华侨聚居之地；有一条福建街，曾经是闽人盈集之处，也是造马车的地方；有吉宁仔街，栖息着成群结队的吉宁船夫；还有一条蓝兜巷，街巷的空地上长满了美丽的兜兰花，当地华侨向马来人学习，煮饭时放上一把兜兰叶，于是，午饭时分，一巷兜兰飘香……最有意思的是诗书街（又名丝丝街），不说别的，仅仅街名就完全是中国的国粹了。

那时候，侨居新加坡的欧洲居民，除了办事或上俱乐部，大体住在郊外那些庭前院后棕榈树摇曳的精美的小洋房里。市区里林林总总的银行、货栈，大大小小的商店、巴刹，则几乎全为中国人所包揽。扰扰市声大抵是闽南话和潮汕语，风雨剥蚀的骑楼和鳞次栉比的小摊小贩恍如当年中国的厦门或广州。

记忆中的新加坡海面永远平静，停泊在黄昏里的巨轮，露天甲板上总放着一架钢琴，船员们高兴时，往往边弹琴边跳卡德里尔舞。在椰子树下，在微风轻扬的海岸上，落日的余晕使赤道上的一切充满了诗情画意。

当时，我那身着艳丽纱笼、头绾一柄镂花银汤匙，秀媚如花的马来阿三（保姆），常常用背带把我揽在胸前穿遍大街小巷，看街景、看车马人流，既吃纯中国式的肉粽咸粥，也吃马来风味的椰丝沙茶咖喱牛肉……

当时，我的外祖父住在星洲岛上离巴塔山不远的直落亚逸，那儿，有许多斑斓的故事和我儿时的梦依偎相连。其中总难忘怀的是长辈们传说中的唐宁炮台山（又名禁山、王家山）——据说星洲原名淡马锡岛，十二世纪时巨港王子在古淡马锡岛建都时，才将此岛改名新加坡，并在康宁山上修筑了豪华富丽的王宫。康宁山背后有一条清粼粼的小溪叫禁河，古星洲王的一群年轻美貌的妃子，常常到这儿来沐浴嬉戏。当然，在十九世纪初莱佛士踏上新加坡岛之后，禁山依然苍绿，王宫已成废墟，而澄澈温柔的禁河流水寂寞地流过历史、流入城市，沿着宝淡卜街流进我的童年，从此成了浪漫星洲家喻户晓的淡水河。

那些星星点点的人事，那些朦朦胧胧的风景，那些凄丽迷人的传闻，说来奇怪，时空的距离不曾使它们褪色，相反地，在我心中，那一份温馨的记忆伴随岁月的积淀却愈加执著。

重返星洲

三十年春晨秋夕古朴而执着的相思，有一天，终于化作了久别重逢的惊喜。

那是蛇年岁尾，我有幸作为厦门经济考察团成员之一，应新加坡敦那士集团之邀前往星洲——对我来说，这不仅仅是一次增长见识的公务，一次愉悦身心的旅行，还是一个重访心中故地的美梦的实现。

10月23日上午，明媚的阳光伴我离开故乡前往香港，从飞机上俯瞰高楼林立、华街纵横的香港盛景已丝毫无法引起我的热情，我心中的向往只有两个字：星洲！我们一行五人暂停香港办理转机手续，每日吞吐量达三万人次的启德机场，拥有世界一流的候机厅，那些高雅迷人的餐室酒吧、豪华富丽的超级商场足以令所有过往游人流连忘返，然而我坐在酒吧廊椅上边吮吸橙汁边心驰天外，对眼前的一切花红柳绿、珠光宝气熟视无睹，我眼中盘旋飞舞的只有一个去处：星洲！

　　在难耐的等待里终于盼来了飞机起飞的时刻，2时45分，我们离开香港登上飞往新加坡的新航波音747。此机刚刚启用，崭新华丽宽敞舒适，横三排、竖三十六排，共有360个座位，空调、地毯、沙发，富丽堂皇自不必说，还配备有无线电收音机供旅客收听音乐和新闻。最可爱的是花枝招展的空姐，她们全部穿着色彩鲜艳的花纱笼，长裙曳地，配上高跟花拖鞋，笑吟吟地提着精编元宝式竹篮为旅客分发食品饮料，那一种风情韵致，令人想起当年新加坡岛上娇媚动人的马来姑娘。

　　时近傍晚，灿烂的夕照把舷窗外的云海映照成一个绚丽辉煌的童话世界。飞机驶进了我梦中的旅程，驶近了我心中的童年。由香江之畔起飞后，三个小时的航程仿佛漫长无比，当飞机徐徐下降，当世界三大洋交汇处那一枚晶莹的绿宝石——星洲依稀在望，我止不住清泪盈颊、双眼迷蒙，有一种近似晕眩的喜悦和惆怅同时袭上心头，啊，梦里星洲，山川依旧……

　　当我迫不及待地步下舷梯踏上星洲陆地，方才如梦初醒——我已重返星洲！正是华灯初上时分，拥有世界第一流设备的星洲候机场，无论是飞珠溅玉的彩色喷泉，无论是优美动人的柔曼音乐，无论是千姿百态光彩夺目的巨型吊灯，还是琳琅满目、如同瑶宫仙阙美不胜收的超级商场，全都光辉灿烂如同白昼，这儿云集了来自世界各地的商品，同时汇集了世界各地的客人。那些红白黄黑各种肤色的人相聚一堂，人人彬彬有礼温文尔雅——彼此大抵不是用语言，而是用眼神和微笑相互招呼，令人深深体会到小小星洲在世界东方特殊的地位和迷人的魅力！我知道我来到了一个现代化的国度，这里的物质文明由宏伟壮丽、尽善尽美的机场设施可见一斑！然而，当年为我码头挥别的白发苍苍的亲爱的外祖父哪儿去了？当年缭绕黯淡的桅灯凄迷低飞的成群的海鸟哪儿去了？当年佩着胡姬花沿着石板路轻移碎步的马来少女清脆的跫音哪儿去了？啊，星洲，熟悉而陌生的星洲！我身在其中又身在其外的星洲！

未出机场，就听见栅栏外传来各种呼唤的声音，有英语、普通话、闽南语，那是星洲各界知名人士、星洲的故国乡亲，还有中国驻新加坡商业代表处的官员前来迎接我们。于是，耳畔的温情和心底的亲切，令人忘却了怀旧的忧郁。

敦那士集团主席唐裕先生用小车带我们去旅馆，车子驶上通往城区的高速公路，大道笔直如发，两旁如锦如绣的绿树、鲜花，草地在明丽柔和的街灯映照下朦胧如仙境，有馥郁的芬芳在夜色里飘荡，使人想起了久违了的胡姬花——这驰名世界的星洲国花！唐先生对我说："陈小姐，你自小离开星洲，这次回来，一切已是今非昔比！"

唐先生一路上为我介绍，新加坡共260万人口，市区原来仅八平方千米，现在又填海七平方千米，人造地将近是市区的一半。全城大约五十个区，分为行政区、工业区、生活区、古迹保护区等。市中心还分成几个小区。如银行多于米店的金融中心——金鞋区；商场如林、游客如鲫的旅游购物中心——乌吉区等。无论大区小区，除了成龙配套的水电、交通、邮政、银行、商店、巴刹、娱乐场所等各种服务设施外，各区都设有学校、花园和运动场所。新加坡几乎全是绿地，除了道路，很难找到一尺裸土——这一点在我后来的游览旅程中得到了证实，无论城郊私家花园洋楼，还是城区高层豪华公寓，到处都被绿荫笼罩。实际上，星洲全境就是一个由绿树、青草和繁花构成的花园岛国。

啊，这片留给我几多童心、几多亲情、几多梦忆的星洲，对我已是完全的陌生！

不了缘

风驰电掣的车子在茫茫的灯海里仿佛一叶飞舟，驰过夜色迷人、如诗如画的机场路，驰进光明如昼、繁华热闹的现代化街巷，最后停在合禄路上一家墙面全部由玻璃组成的金碧辉煌的旅馆——晶殿大酒店。走进大酒店如同走进阿里巴巴的宝库，水银镜、玻璃墙、水晶吊灯种种，令我全身上下前后左右沐浴在一派五光十色、迷离闪烁的光影、光晕、光圈里。特别有趣的是喷水池前拔地而起的金晃晃的圆形露明电梯，六座电梯组成一朵金色的莲花，数不尽的钨灯如同金色的莲蕊，灯光水光交映，金莲栩栩如生，令旅客有如步入神仙福地。

刚刚放下行李，星洲长春有限公司的老板白火锻先生父子便邀请我们上街晚餐。他们问我们吃中餐还是吃西餐，我说："劳顿终日，最好有家乡的咸菜、稀饭！"东道主一听便笑话我刚出国门就想家了，没想到考察团一行五人全同意我的选择。于是，主听客便，立即驱车出门，车子盘旋数里路，来到一条长街。灯光通明里，两旁骑楼下，密密麻麻全是写着繁体汉字的商店，商店里有五金百货，还有干鲜土产、各类水果，种种食物应有尽有。光是餐厅食店便占据了大半街面，那样式完全是当年厦门大同路的翻版。白先生说，这儿就叫牛车水——哦，牛车水，多么熟悉多么亲切的名字！这条曾经被父母亲朋成千上万遍提起的唐人街，这片曾经让马来"阿三"无数次带我前来游逛的故地，如今，终于有缘再相见！如果说，星洲的其他街区和当年相比已面目全非，而牛车水，除了霓虹灯广告取代了古老的招牌，电风扇取代了芭蕉扇，水泥地面取代了石板街，其他的几乎一如从前。见到它犹如见到了阔别多年的老友，自然而然地有一分故旧之情，有一分沧桑之叹！

  白家父子领着我们到了一家潮州饭馆，店主堂倌全是潮州人，老板娘见到我们，忙手脚麻利地走拢来，笑盈盈地招徕客人，那一口温软甜脆的中国潮州话，令人倍感亲昵。霎时间，大盘小碟端上桌面，潮州稀饭配上咸菜、酱鹅片、黄豆炖猪蹄、煮花生、金针菜等，色味俱佳，清爽可口。大家食欲大增，不一会儿，便风卷残云一扫而光，个个吃得满头大汗、痛快淋漓，行旅的疲劳全丢到九霄云外去了。于是众人皆夸我主意不错，一个个喜洋洋打道回府。

　　回到晶殿大酒店那巍巍高楼上的椭圆形豪华客房，打开房门即见地上躺着几张英文便笺，仔细一读才知道是电话记录单。看来，我的舅母已打过电话来酒店，让我一进门立即回电。我忙拨了舅母家中的电话号码。舅母听到我的声音，喜极而泣，迫不及待地一叫再叫我的乳名。老人家说，知道我今天重返星洲，不知何等高兴，从清晨等到夜晚。不见我去电话，让她急得像热锅上的蚂蚁似的。又说我的阿姨也从马来西亚赶来星洲看望我，整整等了我三天了！我听了忍不住热泪沿腮滚下，襟袖尽湿……

　　子夜时分，辗转难眠，披衣下床，拉开厚重华贵的金丝绒窗帘，遥望星洲一天星斗半城灯花，遥望贝聿铭先生设计的、霓虹流辉溢彩的七十二层的香山饭店，遥望昔日外祖父悠然信步、此刻月华如水的直落亚逸长街，遥望当年我挥别星洲，启程回归祖国的银光如烛的红灯码头，我心如潮，起落难平，卅载一觉星洲梦，都疑幻境转成真，此时此刻，百味交集，叫人怎能酣然入梦？

　　啊，星洲，父辈流落飘零的土地，生我育我的土地，少却了浓浓野趣，增添了无限风情的土地。长别离，短相聚，旧梦新痕泪如雨；缘未尽，情难了，不了情缘寄清宵……

　　明日又沐蕉风里，千里相思何时已？

武夷山写意

"武夷风景是属于世界的!"——1978年开放旅游以来,不少海外侨胞、外籍华人谈及武夷山水,得意之色,溢于言表。今秋,随"全国青联台籍青年访问团"前往探胜,果然名不虚传。山中掬得杯泉片茗,因成三章。

九曲宾馆

九曲宾馆,武夷山的眼睛。过往游人,总忘不了这秀媚多情、楚楚动人的明眸!

重阳前夕,暮霭苍茫中,访问团抵武夷。车停处,云里空山,一鞭残照,大王峰、鹰嘴岩、骆驼岭、隐屏山蜂拥而来。人,仿佛一下子落入了原始洪荒世界。

谁知穿过五曲桥头,却见一段水蛇般的柏油小径飘然而来。路侧,木芙蓉绽得正欢,红敌胭脂白胜雪。一段暗香,影影绰绰,似乎伸手可掇,愈近愈浓,酒香似的醉人——原来是晚桂花开时节!

步上慢坡,便见一幢玲珑白楼,亭亭地立在翠峰环抱、清溪逶迤的芳草地上,古色古香的松皮匾缀着"九曲宾馆"四个隶书大字。

拾级登楼，笑盈盈的服务员忙接过行李，递上一盏香气氤氲的武夷岩茶……

进客房，推窗一看：屏屏青山，曲曲秋水，移步换形，俯仰易色，纵使丹青圣手，怎能绘就如许灵活山川？游人一瞥，涤尽了征尘风霜。

居宾馆，清晨可观日出，黄昏能眺夕照；云从窗入，鸟啼栏前；满目苍苍碧色，一庭杂花生树；登山归，有宾馆主人嘘寒问暖；涉水回，有山珍佳肴供我品味……

一位老态龙钟的芝加哥华侨，离别时为宾馆拍下一帧玉照，上题："多谢武夷人，天涯长相思。"刚从异域辗转回国的青年小阮，在日记上写道："九曲宾馆，宾

至如归。"……

武夷，美的岂止山水？更有九曲宾馆娟丽温存、顾盼生辉的眼波，暖人心扉！

仙凡界

来武夷，谁能不想登"第一胜地"天游峰？天游峰顶，有巨石勒"仙凡界"。据说游人一跨此界，便从凡尘升入仙境了！

恰是重阳登高日，我们从九曲宾馆出发，穿"云路"，入"云窝"，攀"问樵台"，进"聚乐洞"，临"仙浴潭"，便见危峰突兀，壁立千仞，石级凌霄，长松方竹掩映，翠岚白云舒卷。登山者头足相抵，只许向上，不容退下。耳边鸟语婉转如诉，身旁云朵穿襟入袖，由下仰望，人真是飘飘欲仙哩！

临极顶，踏上仙凡界，已是眼花腿酸，大汗淋漓。"脚力尽时山更好"——眼前豁然开阔，几十丈宽的平台繁花缤纷，奇香袭人。正中一座典雅古朴的庙宇，为天游峰平添了几分仙风道骨。回眸四顾，但见群山被云海吞没，只余点点峰尖，如海上小岛，漂浮在一片雪浪之中。这时，山水、天地、仙凡之间，全分不清界限，只觉得人已超然物外，唯存一点性灵。啊，不经一番艰辛跋涉，怎能置身如此出神入化境地？

勇士攀登、懦夫却步的仙凡界啊，千古以来，你可不就是一块人类意志的试金石？

星村放筏

你乘过世上最古老的行舟吗？——那武夷山中九曲溪上苇叶儿似的竹筏啊！

从星村渡起，清溪环绕十五里，九曲流水，一曲数峰，一峰数景，变幻莫测，绮丽迷人哪！

我们租得竹筏一片——一片单筏仅容三人。坐竹椅上，仰头是天，天淡绿，低头是水，水深绿，夹岸青山，一派墨绿；连空气，都渗着朦胧的绿……我觉得自己也变成了一只翠鸟、一头青蛙、一片山茶、一掌荷叶了。这小小竹筏里绿的山川、绿的生灵、绿的心境啊！

"我给你们讲'古'吧！"放筏的船娘拿篙尖指点近水远山，娓娓地说：

这山是卧狮戏球，那岩是纱帽缀玉；

这石是和尚背尼姑，那台是仙人更衣处；

有金鸡啼月洞，有虎头插花岭。

……

为什么山号"武夷"——那是彭武、彭夷兄弟俩为当地治洪抗灾，人民纪念他们，才把这片奇山异水命名"武夷"哪！

哦，玉女峰到了——你看，那袅袅婷婷的三片巨石，就是姐妹仨呀！大姐正临水簪花；二姐正对镜画眉；三姐呢，远眺大王峰，正为大王害相思哩！

……

天啊，船娘竟是武夷山的民间文学家！无知的山川，古老的传说，被她绘声绘色地一描摹，真是形神毕肖、含情脉脉了！远方的来客，纵使走遍海角天涯，怎会忘了这里聪颖的船娘、美丽的神话？

中华儿女用自己的才华，给美好的山水附丽了智慧之绿——这伟大的生命之绿啊，将与万古山河一样永存！

姑娘雨

故乡的雨,三月里最美。

三月里的雨,一半儿烟,一半儿雾。轻烟薄雾。淡了苍山,浓了翠树,凝了花香,锁了海路。绿琉璃瓦面,涂上一层釉;青石板小路,抹下一层油。风儿吹过芭蕉叶,撒落一地珍珠;鸟儿飞上棕榈树,抖下串串流苏……

那小小的月亮门儿开了,撑出一把尼龙伞,遮住半边兰花髻……

那短短的船篷儿动了,探出一朵青油竹笠,摇醉一江桃花春水……

夜里,那雨儿怀着千丝万缕情意,悄悄投入大地的怀抱。

一梦醒来,山边水陂,碧玉笋儿拔了一节,相思花儿开了数枝……

故乡的雨,三月里最美。那是轻柔灵巧的手,抛着飞梭,舞着纱罗……

怪不得,三月的故乡雨,人们叫她"姑娘雨"。

海　色

凡是蹚过青春之河的人，谁没惹过一朵两朵恼人的相思浪花？谁没留下一星半点悱恻的生命潮水……

我的可爱的斑纹贝哟！

那一夜，月光滴银，秋风在棕榈树梢轻盈地唱着歌。

你说，在南洋的什么岛上，得到一枚珍贵的蓝贝，带在身上多年了，真像一位知心朋友。它使你怀念热带的海，还有海一般迷人的少年生活……

"人家都说，你的眸子，有一缕动人的柔蓝——你的心灵之窗，永恒地孕着一片海色……

"地角天涯，湖海有黑海、黄海、红海、青海之称，海色呢，一色的只有蔚蓝；

"世态炎凉，人情有冷色、热色之分，你呢，但愿永远只有正派的海色。

"天下颜色千万般，博大、光明、永不变易的海色最难忘。

"我这海贝，多像你的瞳仁……"

说着，你把那蓝色斑纹贝悄悄塞给我。

月圆，月缺。……

如水的年华就在这圆缺不停地循环中流逝。

一天，你微笑地看着我：

"历尽劫波，你眼中的海色依旧！"

我也笑了："蓝贝健在，还给你吧！"

"不必了！那是我青春岁月里的一章华彩乐……留下它吧——那一段美丽的情思，那一抹神圣的海色！"

世　界

（一）

当年，我是多么稚嫩！

水淋淋的四月黎明，邀集了小伙伴，驾一叶舢舨去旅行。

踏上海路，我们扬起蓝色的手绢纵情欢呼。

去圣爱伦岛！去好望角！去黄金海岸！去北冰洋！去南极洲……

脚下是海，头上是天，海天之间，我们是骄傲的人——

是下西洋的郑和，是探索新大陆的哥伦布，是祖国的大无畏的儿子！

并不曾想过，海上也有风暴，天空也有雷电；小船呢，又是蛋壳一般脆弱。

那时候，初阳如金橙，朝霞似玫瑰。心很大很大，世界很小很小。

（二）

后来，我走上了人生。

一个阴沉的四月黄昏，母亲悄悄用手背揩落苍白的泪花，送我搭火车去远行。

一只孤雁，流落在异乡偏远的山窝。

荒芜了思维的幽径，流失了青春的水土，遗忘了蔷薇色的爱情，疏远了人世五彩缤纷的欢乐……

望着山里烟岚萦绕的天，天边朦朦胧胧的月亮，寂寞像一只蝎子，蜇痛了我尚未麻木的神经……

几时，能重见儿时的半截彩笔、一册描红呢？哎，这奢侈的心愿！

苦雨凄风、天灰云暗的四月哟！世界很大很大，心却很小很小。

（三）

如今，人到中年。

温馨的四月之夜，湿润的星星，有如爱人的明眸，温存地遥望我并没有疲乏的眼神……

不必再驾着舢板去旅行了，可以乘坐气垫船、三叉戟；不必再望月山中了，可以欣赏彩电、三用机……

更不必再担忧砭（biān）骨的严寒了：天地葱茏，艳阳如酥，绿风如绸……

已是春暖花开时节。可我，却无法安享人生——

有如一头春牛，我的职责是耕耘！

祖国辽阔的版图啊、抛荒多年的田野,我们这一代正艰难地、一步一串汗水地跋涉——

春天里失落的,要在春天里寻回!

春潮拍岸、千帆竞发的四月呵,此刻,世界有多大,我的心就有多大!

海 坟

东海上,有一座青石雕就的"鳌园"。它是闻名海内外的华侨领袖、爱国志士陈嘉庚先生安息的地方。

多像一朵盛开的睡莲,静卧在碧波粼粼的海面上……

我曾经在多少个春雨霏霏的三月,拜谒过这座美丽的陵园——轻轻地,撒下亲手采来的洁白花瓣,撒下我心中透明的思念……

先生,我们非亲非故,但从儿时,您便走进我的心间——

我曾经多少回看见您素服布履,浴着晨曦,肩着夕照,匆匆奔走在厦门海滨、集美乡间——您就是名扬天下的百万富翁?我童稚的心里,充满疑惑。

可是,您亲手创建的红墙翠瓦、鳞次栉(zhì)比的集美学村,高楼林立、学子如云的厦大学府,证实了您的富有……

您归去了,十里灵车,泪浮长堤!

年年清明,数不尽的海外归鸥、海内桃李,云集陵前呼唤您。人们知道,您的魂灵,并没有归去——留在

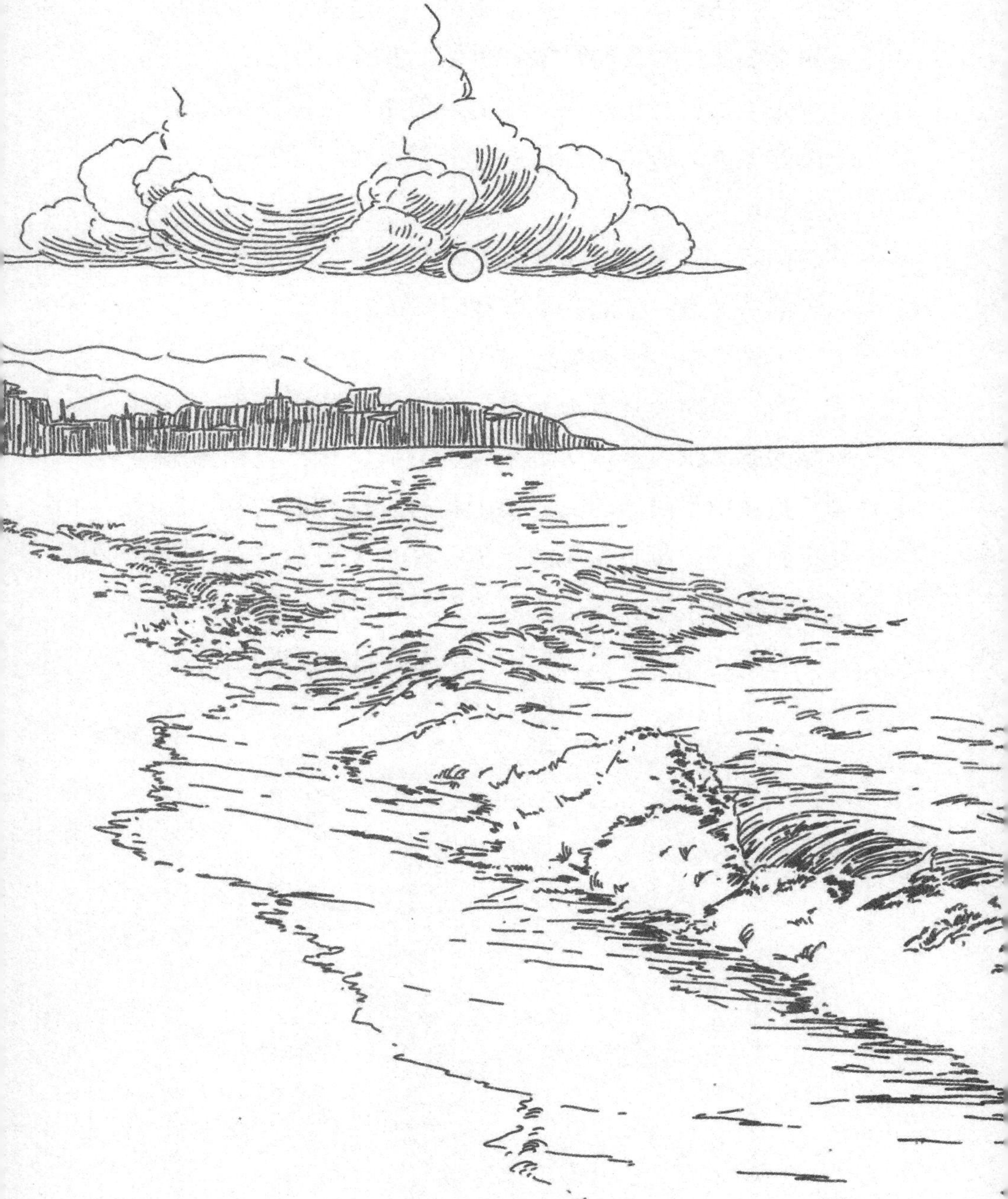

鳌园，化作了天风海涛，春阳夏雨……

我曾经好奇地走进您的卧房。斗室之中，一支折腿烛台、一把破伞、一口掉瓷茶杯——这就是一位豪商巨贾的全部遗产？我的眼角湿润了，感情不能自已。

先生，您富比陶朱，却清寒似水！您留下的，是一个民族无价的瑰宝——那一片光侵日月、辉映千古的爱国之心！

怪不得后人为您择冥居于海上——

不是大海，怎能容下您宽广无私的胸怀？

不是浪花，怎能为您编织长年不谢的花圈？

啊，鳌园，凡有海水处，谁人不知名——您，一面鲜亮的旗，飘在全球华侨华人的心间；您，一柱伟岸的碑，矗在中华民族的文明史上！所有骚动的物欲，在这儿得到沉淀；所有灵魂的污垢，在这儿得到涤荡；轩辕子孙的英风正气，在这儿得到光大发扬！

鳌园——大海里的墓园，净化心灵的圣殿！

天涯咫尺

梅花魂

故乡的梅花又开了。

一年一度,那朵朵冷艳、缕缕幽芳,总使我想起飘零他乡、葬身异国的外祖父。

算来,自南洋一别,离开外祖父也二十来年了……

(一)

我出生在东南亚的星岛。回国以前,一直和外祖父住在星洲城直落亚逸街上。我妈是外祖父唯一的女儿,我是外祖父唯一的外孙女儿。外祖父对我的钟爱,那就别提了!据妈妈说,我三岁时,老人便开始为我积攒嫁妆,有人回唐山,便托人捎这捎那,从金玉首饰、文房四宝到苏州刺绣、上海绸缎、景德镇瓷器等,真是无所不有。

外祖父年轻时读了不少经、史、诗、词,又能书善画,是星岛文坛颇负盛名的文人。我两周岁起,外祖父便常常抱着我,坐在梨花木大交椅上,一遍又一遍、不厌其烦地教我读唐诗宋词。每每读到"独在异乡为异客，每逢佳节倍思亲""春草明年绿，王孙归不归""慈母手中线，游子身上衣""自在飞花轻似梦，无边春雨细如愁"之类的句子，常有一颗两颗冰凉的泪珠，落在我的腮边、手背。这种时候，我便会拍着手笑起来："外公哭了！外公哭了！"老人总是摇摇头，长长地吁一口气，说："莺儿，你小呢，不懂！"

那时，外祖父家中有不少古玩，我偶尔摆弄，老人也不甚留意。唯独书房里那一幅老干虬（qiú）枝的墨梅，他却分外爱惜，家人碰也碰不得。我五岁那年，有一回到书房玩耍，不小心给捺（nà）上了个脏手印。外祖父登时拉下脸来，我有生以来第一次听见他训斥我妈："孩子要管教好，这清白的梅花，是玷（diàn）污得的吗？"训罢，便用保险刀片，轻轻刮去污迹，然后用细绸子慢慢抹净了。看见慈祥的外公大发脾气，我心里又害怕又奇怪，一幅画梅，有甚稀罕呢？

那时，外祖父刚过七十大寿，却已经侨居海外经商五十来年了。老人究竟有多少财产，妈妈和我都不甚了然。但外祖父有带花园的别墅、有私家小汽车、有船头行、有"八九"行（贸易货栈）、有信局、有一眼望不到头的橡胶园，这些，我是知道的。到了我记事时，外祖父已经是当地商界屈指可数的佼佼者了。

外祖父虽出国多年，可每逢夏历除夕，都要郑重其事地朝北祭祀祖宗。放祭品的中案桌上，也总有一大束蜡梅，插在青花大瓷瓶里，据说那梅花是由内地经香港空运去的。这种时候，外祖父往往要跟我们说起唐山的亲朋故旧，山川人情。说着说着，常常会忽然噤（jìn）声，背剪着手，踱进房间，以至终日戚戚，不发一言。我也闹不明白，这样好的家境，老人还愁什么呢？妈妈对我提过，在唐山老家，外祖父田无一垄，地无一寸，要不，他怎会漂洋渡海，远离家乡？但是，外祖父为什么还思念唐山哪？

（二）

有一天，妈妈忽然告诉我：

"莺儿，我们返唐山去！"

"干吗要回去呢？"

"那儿才是我们的祖国呀！"

哦！祖国，就是那地图上像一片枫叶，像一只金鸡的地方吗？就是那拥有长江、黄河、万里长城，还有天堂一般的苏杭，还有住着我的亲奶奶的白鹭（lù）之乡的国土吗？

我欢呼起来！小小的心，充满了欢乐。

可是，我马上想起了外祖父、我亲爱的外祖父：

"外公走吗？"

"外公年纪太大了！"

"外公让我们走吗？"

妈妈背过脸去，没作声……

我跑进外祖父的书房，看见老人躺在藤沙发上。我说：

"外公，你也回祖国去吧?!"

想不到外公竟像小孩一样呜呜地哭起来了……

离别的前一天早上，外祖父早早地起了床，把我叫到书房去，郑重地递给我一卷白杭绸包起的东西。我打开一看，原来是墨梅：

"外公，这不是你最宝贝的画吗？"

"是啊，莺儿，你要好好保存。这梅花，是我们中国的国花。旁的花儿，大抵是春暖花才开。她却不一样，愈是寒冷，愈是风欺雪压，花儿便开得愈精神、愈秀气。她是最有品格、有灵魂、有骨气的呢！几千年来，我们中华民族出了许多有气节的人物，他们不管历经多少磨难、受到怎样的欺凌，从来都是顶天立地，从来不肯低头折节。他们，就像这梅花一样。一个中国人，无论在怎样的境遇里，总要有梅花的秉（bǐng）性才好。"

停了一息，老人又说：

"唐山解放了，我却垂垂老矣！回国回乡的心愿，只能让你们去完成了！莺儿，将来长大了，第一要读好书，报效国家；第二要孝顺你妈。这是我们国人的忠孝之道，你要记住！"

我忙点头，怕老人又哭。

回国那一天，正是元旦，热带是无所谓隆冬的，但腊月天气，毕竟也凉飕（sōu）飕的。外祖父把我们送到码头，妈妈抽泣着；我拉住外祖父的手，大声地哭着。外祖父俯下身来，给我披了件法兰绒外套，不知说

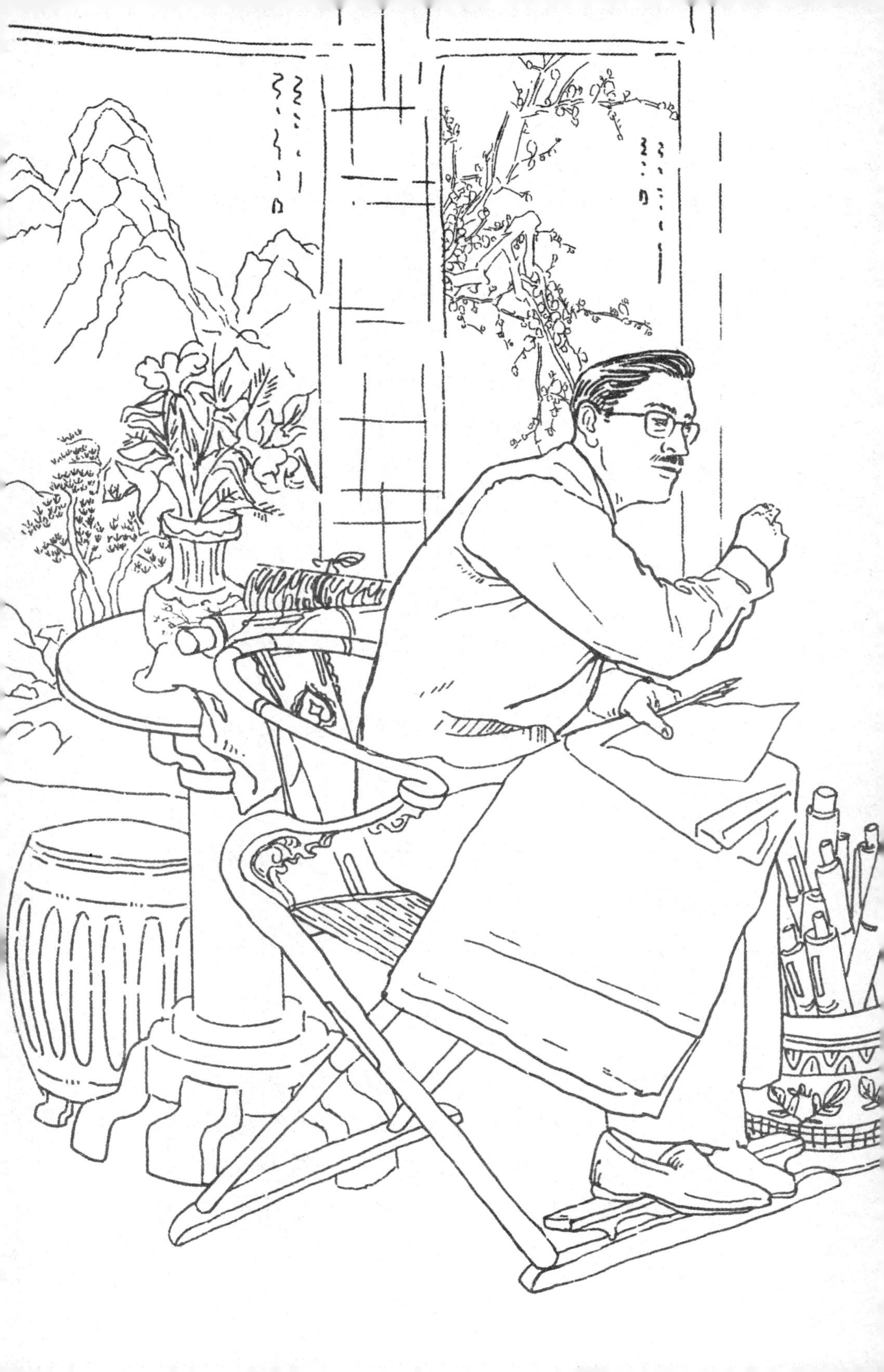

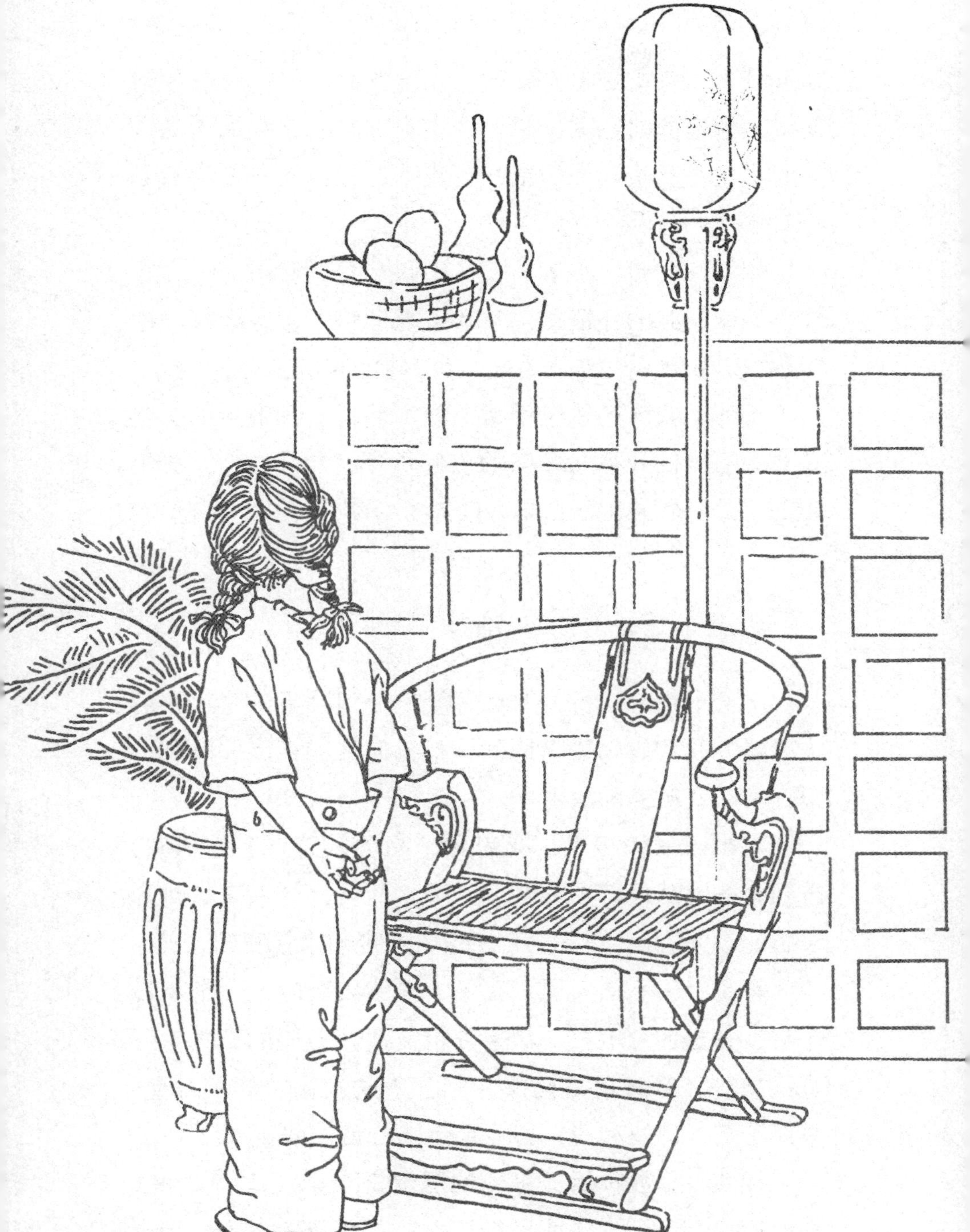

了句什么，大概是想安慰我，无声的泪，却顺着两颊的皱纹，弯弯曲曲地流下来……赤道上的风，吹乱了老人平日梳理得整整齐齐的银发，我觉得外祖父一下子衰老了许多……

妈妈终于狠下心来，拉着我登上了"万福顺"大客轮。泪眼蒙眬的外祖父，又亲自赶上船来，递给我一把手绢，一包雪白的细亚麻布，绣着血色梅花……

当年的我，还过于稚嫩，并不懂得，我带走的，岂止是我慈爱的外祖父珍藏的一幅丹青、几朵血梅？我带走的，是一颗异国华侨华人的赤子心哪！

（三）

七天七夜的航行，"万福顺"号穿过了深邃辽阔的太平洋。我和妈妈终于回到了日夜向往的祖国，回到了厦门——我可爱的故乡！

在祖国的怀抱里，我完成了高等教育。上学期间，外祖父一直从经济上支持我。十来年间，老人来信时常要提起："莺儿，待你学有所成，一定前来接我归去！"

可是，天不从人愿。我上大学三年级时，一个冬日午后，一封加急电报，带来外祖父离开人间的噩耗——真没想到，昔日星岛码头一别，竟成永诀。重洋万里，冥路茫茫，妈妈和我，真是悲恸（tòng）欲绝。

接到电报数日后，海外的舅舅寄来了《南洋商报》《星洲日报》等好几种报纸。这些报纸都登有讣（fù）

告,还发表了南洋商界、学界悼念外祖父的文章,表彰外祖父这位"南洋商界巨子、文坛将星、知名爱国华侨"抗日战争时期为国热心捐款;中华人民共和国成立后,为发展家乡教育、卫生事业,不惜慷慨解囊,等等,并盛赞老人热爱祖国文明,宣扬民族文化,高风亮节有如寒梅修竹……这时候,外祖父生前的许多公益善举和爱国情操,我才陆续了解。

我回国后,家乡面貌日新月异。而且,祖国也已经把我培育成才,可是,老人却无福瞻仰他朝思暮想的故国风采,无缘再见他视为掌上明珠的外孙女儿……生离死别,叫人怎能不哀伤?老人逝后次年初春,我在老家的山坡上,种下了两株梅树:一株蜡梅,一株红梅……我想,倘若老人泉下有知,魂兮归来,一定会高兴的。而我,也可借此聊寄哀思了!

(四)

我大学毕业之后,从风光绮丽的南国海滨被分配到了遥远的太行山。离家前夕,妈妈把外祖父的那幅墨梅用塑料薄膜包好,装进我的行囊……

梅花,来自异国的坚贞的梅花,伴我走上了真正的人生。

到了太行山,我先在一所专区师范任教。不久,便与学校同人一起被下放到山区劳动改造去了。

在太行深山里,我孑(jié)然一身,举目无亲。和当地山民一样，我睡土窑、喝雪水、吃玉米疙瘩和糠窝窝。患了胃溃疡（yáng），时时疼得冒冷汗。浑身长虱（shī），常常整夜睡不着。在滴水成冰的日子里，跟着男社员上山开大寨田，粗重的镢（jué）头敲在坚硬的冻土上，我细嫩的虎口震裂了。在大雪封门的深夜，饥饿的野狼、豹子拼命拱着我简陋的窑门……

那里，和星岛自然无法相提并论，就是和故乡厦门相比，我也仿佛到了另一世界。春花秋月，转眼五年过去了。生活的艰难还在其次，难道，十七年寒窗勤学苦读得来的知识，除了埋入荒山，竟毫无用场？多少个朝霞如花的黎明，多少个夕阳似血的黄昏，我痛苦地思索着，前程在哪里？希望在哪里？

侨居海外的老父，担心爱女受苦，一封封滴着清泪的信笺（jiān），催我出国；星岛的舅妈，巴黎的表姐，澳大利亚的表哥，一个个轮番来信开导我："你何必过于执着？还是到我们这儿来吧！"

可是，我总觉得，祖国像母亲。她，用智慧的乳汁把我哺育长大。在母亲危难之秋，我怎忍心掉头而去？

在愁肠百结的太行岁月，在艰辛跋涉的人生路上，我常常悄悄地打开那一幅外祖父留给我的墨梅，她的冰雪清姿，她的凛然正气，像火，给了我温暖；像血，给了我活力。我也常常想起老人的临别赠言：

"一个中国人，无论在怎样的境遇里，都要有梅花的秉性才好！"

是啊，在生活的风霜里，我不也应该做一朵梅花吗？

在那些乌云压顶的日月里，每一回海外来鸿，我都哭了。但摩天大厦、香槟、高级"的士"毕竟吸引不了我。我离不开自己的祖国啊，我终于在祖国的土地上，站稳了自己的脚跟！

今天，早已严冰化春水的祖国的今天，我调回了海上花园厦门，成了一名新闻记者。祖国和人民，给我重任，也给我奖励……

海内外亲友，都祝贺我；外祖父在天之灵，当也感到欣慰……

我仍珍存着外祖父心爱的墨梅——她浸透了几代海外赤子对祖国圣洁的爱；她在祖国苦难的时光，给了我不寻常的热能和可贵的信念！

故乡的冬梅又盛开了，明如烛，灿如霞……

梅花，美丽的赤子之魂呵！

相思岬

即使是风景佳绝的胜地,几番寻幽觅胜后,旧地重游之心便也淡漠。然而,在美丽的白鹭城里,有一个并不显眼的地方,却令我百去不厌,那便是鼓浪屿岛上的一条海岬。

那海岬隐在港仔后海湾的一个偏僻去处,形似展翅的飞鸥——一翅连着岛上长满暗绿相思树、亮紫三角梅和金黄野菊花的山岩;一翅徐徐伸入清澈柔蓝的海水之中。

三十二年前,我刚从南洋回到祖国,正在台北教书的姑妈接到祖母的快信,迫不及待地乘飞机回到家中。当时姑妈不过二十四岁,秀丽娴雅,像一茎亭亭的君子兰,一看就叫人喜欢。姑妈很爱我,不满四周岁的我,依人小鸟似的,也终日离不开姑妈。

一天,姑妈带着我来到这个不知名的海岬游玩,采了好些相思枝和三角梅给我编成花环。时近黄昏,姑妈望着被夕阳染成五光十色的海面,轻轻叹了口气。说:"姑姑快走了,以后你会不会想起姑姑?"我没回答,却哭了。姑妈忙抱起我:"乖,别哭,只隔了一条水,学校一放假,姑姑就回来看你!"

谁料到，这一去，花谢花开，潮涨潮落，几十个春秋就这样消逝，除了梦中，何曾相见？

姑妈离家不久，厦门便解放了。由于众所周知的原因，小心谨慎的祖母噙着老泪烧毁了姑妈的一切照片和书信，姑妈的名字也在家人的口中消失。只有年幼无知的我，还时时叨念起姑妈，但总要引来长辈一阵莫名其妙的斥责。

可是，每年中秋节，祖母总要摆上香案瓜果，背着邻人幽幽地低声祷告："月娘娘，您保佑阿云出外平安，保佑我母女今生再相见……"祖母总是边祷告边流泪，泪水往往把胸前的衣衫打湿了一大片。

祖父早逝，姑妈是祖母膝下唯一的女儿。慈母的心啊，在岁月的风霜中，在无声的暗泣里，思念着、等待着……等待着团圆的一天。

当我稍解人事的时候，便常常怀着一种渺茫而暗淡的思绪到海岬来。每到这儿，我便想起姑妈的话："……只隔着一条水……"是啊！只隔着一条水，为什么姑妈不能回家来？我问空蒙的大海，大海不答；我问浩渺的天空，天空无声。我想到我飘零异乡的姑妈，不，我更多地想到我风烛残年的祖母，常常不由自主地流下泪来。我想，花晨月夕，大海那边的姑妈，一定也在苦苦地思念故乡白发萧萧的亲娘；思念我——她心爱的侄女儿。那日日夜夜的浪语涛音啊，该不会就是离人们摧肝裂胆的哭诉？

祖母终于离开了人世，在九十五岁高龄的时候。临终时，老人吃力地指了指心口，叫了声"阿云……"就咽了气。

办完丧事，恰是中秋。傍晚，我独自徜徉在海岬上，望风涛舟楫（jí），悠悠远去，皎洁玉兔，冉冉东升；听相思树悲咽，东海潮哀歌，心中涌起了一种难以名状的惆怅——祖母和姑妈的生离死别已成终天之恨，然而，还有我，还有许许多多亲离戚散的家庭，在这"佳节倍思亲"的中秋之夜，仍在翘首彼岸，苦盼天上月圆、人间欢聚……啊，珠泪盈波，愁云映水的相思岬，你记录了人间多少离怨和别恨?！我想，倘若有一天，你真的变成一只自由翱翔于海峡两岸的轻鸥，变成一个迎亲送友、喜气盈盈的码头，那将给乡亲和台胞带来多少甜蜜的笑，多少深情的歌，带来千言万语描摹不尽的欢乐！

当然，我相信总有那么一天！每当逢年过节，那"空飘"的气球袅袅地消失在彼岸的云天，那"海漂"的包裹悠悠地漂向对面的沙滩；每当乡亲们通过广播向远方的亲人传出感人肺腑的心声；每当国家领导人又一次发出洋溢民族正气的召唤，我就愈加坚定心中美好的信念——精诚所至，金石为开！人为的藩篱一定能拆除，相思的苦海一定会填平，宝岛一定会回归，海峡两岸的亲人一定能团圆，姑妈和我一定会相见！

当姑妈回乡的时候，我要和姑妈一起重访相思岬。那时候，这儿就是花香月明、潮歌浪笑的团圆岬了。

我在相思岬上等着您呀——姑妈，您快回家了吧?！

祖　国

对于我，祖国不是虚幻的概念。

一

我回来了——

只是为了一把泥土、一把来自唐山的、带着故乡青草气息的泥土，诱发了我无尽的相思和泪滴——有如青梅竹马时光爱与爱默契的、永生难忘的坚贞呵！

我回来了——

只是为了一把泥土、一把世世代代华夏祖先遗落的血脉骨殖，萌起了我回归的"野性"和冲动——那胎儿依恋母体的亘（gèn）古不移的温情呵！

我回来了——

抛弃了繁华的世界，葳（wēi）蕤（ruí）的田园，抛弃了无名指可以戴上钻石、颈项上可以挂满珍珠的美丽和风光，甚至忍心割舍双亲潸（shān）潸的老泪和异国多情的小小的儿郎……只是为了呵——那梦寐向往的祖国！

我回来了——

舍弃了一切,换回的只是:头顶的一片蓝天、脚底的一抔(póu)热土!

然而,我终不悔——因为呵,从此而后,生生死死,整个祖国都属于我,我也属于整个祖国!

二

我曾经迎着月光,跋涉在茫茫的戈壁滩,看柔软的流沙金子般地漫向天边。那时,我忍不住热烈地呼喊:啊,祖国,您是多么辽阔浩瀚!

我曾经徜徉在古长安灞陵道上,看千秋杨柳如梦如烟。遥想当年秦皇汉武,心里自然而然涌起一种本能的骄傲——啊,祖国,文明、古老的祖国!

我曾经乘坐罐子车,深入兴凯湖畔七百米以下的地层,看亮闪闪的乌金,脉脉含情地等待着前来采掘的知己。我会情不自禁地赞美:啊,祖国,富饶深沉的祖国!

我领略过鹿回头海湾那醉人的黎明——多美啊,每一棵翠亭亭的椰树上,都顶着一轮红艳艳的太阳!我曾苦于形容词的贫乏——啊,祖国,您是多么灿烂辉煌!

我也曾在静夜里独坐乌苏里江岸,一边聆听优美动人的赫哲族船歌,一边瞭望对岸苏联伊曼市稀疏的灯光……不知为什么,我会这样想:多么温柔、多么威武呵,我的祖国!

……

啊，祖国，一切美好的，分开是您，聚合起来还是您——

您在我心中，是怎样的单纯而复杂，是怎样的朴素而瑰丽，是怎样的抽象而具体哟！

三

并不是每一颗心，都流淌热血，并不是每一个灵魂，都寻求谅解。罂粟开花，未必是吉祥；乌鸦亮嗓，算不得歌腔；竹笋拔节，会遇大石压顶；寒梅著花，常伴风雪冰霜……

每当想起生活中——和谐里蕴着不和谐，我也曾因为忧烦彻夜难眠，我也会因为痛苦切齿扼腕……

然而，想起您呵祖国——您那万千的城镇乡村、万千的江河湖海、万千的馨花绿树、万千的丰功伟业、万千的志士仁人、万千的英雄豪杰……我那窄窄的心儿，便会豁然开朗——

啊，我的祖国，您用您的博大，抚慰了我！净化了我！开拓了我！造就了我！

不管世路多坎坷，我永远也不会堕落——

因为呵，我的心中，有一个活生生的、有血有肉的，亲爱的祖国！

故乡的灯火

数十年前,我从南洋回故乡厦门时,还在少年时代。每每黄昏出门,心里总是惴惴。

那陈年老月,青石板铺就的小巷或坑坑洼洼的洋灰漫地的老街,难得有一盏摇摇晃晃的路灯,那灯光却一概是暗淡的枯黄。路灯下雾蒙蒙的人影楼影,在童稚的眼中,惶惶然有如鬼魅。轮渡码头一带,到了晚上,灰茫茫的,只看得见海上船只稀疏的灯影和忽明忽暗的航标。

员当港周围,支离破碎的渔火恍如鬼火在荒蒿野鹭间明明灭灭。对岸的鼓浪屿,黑黝黝的,像一头蜷伏的巨兽,纵然有一星半点亮光,也不过是"两三星火是瓜州"的孤寂况味!隔水相望的集美镇,更是幽暗沉寂如乡村社里。至于同安,即便城关,入夜也是昏天黑地,莫辨东西。

百姓家里,大抵一灯如豆,除了蜡烛,就是洋油灯、菜油灯,即使能安电灯的人家,多半也只有十五支光小小的一盏。往往是一张八仙桌或圆桌,围着一家老幼。小孩读书写作业,大人待客缝缝补补做小手艺等,全靠那一朵微弱的光芒。明光耀眼的灯火，大抵属于舞台、属于会场、属于上层人士，与平头百姓多半关系不大。当年，在小小少年的我心中，故乡的夜古老而晦暗。

到了60年代初，中国大地众多的人群因连续三年的困难而温饱难求，地处东南海疆的故乡也不例外。于是，夜来黑灯瞎火是常有的事。几年后度过了饥荒，国家经济人民生活刚有一点转机，史无前例的"文化大革命"一来，刀光剑影，万马齐喑（yīn）。当时，在我热血沸腾的青春年华，故乡的夜动荡而凄凉。

70年代末，祖国迎来了第二个春天。永难忘却故乡那些花山灯海庆新生的时光，真是家家张灯结彩、处处弦歌飞扬！借梨园戏唱词"上下楼台火照火，往来车马人看人"来形容那一种狂欢的热烈犹嫌不足。在那一段苦尽甘来的日子里，故乡的夜，点点灯火都是心头的温馨。

80年代是故乡面目一新的时代。那新建的机场码头、繁忙的建设工地、高耸入云的大厦、鳞次栉比的厂房、通宵达旦的灯火加上五光十色的霓虹灯，将美丽的岛城映照得熠熠生辉。普通人家，琳琅满目的吊灯、台灯、壁灯、床头灯等随处可见。光明璀璨的灯光，把故乡的夜装扮得富丽堂皇喜气洋洋！

90年代是故乡脱胎换骨的岁月。当久违的白鹭再一次飞回员当港，忠诚的鸟儿已找不到自己的家乡。昔日"拣尽寒枝不肯栖，寂寞沙洲冷"的凄清，如今已被湖波漾翠、绮花焕彩、游人如织取而代之。白鹭洲一带，柔媚亮丽的灯光,如珍珠、如琥珀、如水晶、如翡翠,辉映得员当湖如倾珠泻玉、如飞星流霞。那一种淡雅中蕴繁华,宁静里见热闹的景象,令人感到即使身在巴黎身在悉尼也不过如此。

那大桥上终夜不息、盏盏圆满如月的银色灯火,是母亲呼唤游子的亲切目光;那疏港路数里长街暖人情肠的金色灯花,是好客的故乡人拥抱远客的热情臂膀;环岛路依波偎海的七彩华灯,是故乡儿郎眺望彼岸的双双深情的眼睛。至于如展翅飞鹏停歇在七万平方米绿地上的人民会堂,节日的彩灯焰火流光溢彩,将天穹、将大地、将会堂顶端庄严的国徽照耀得金光夺目灿烂辉煌!

长街短巷,一串串路灯如皓月、如幽兰、如金橙、如玉树,忠贞不渝地把光明奉献给来自五湖四海的夜行人,温情脉脉地呵护着白鹭之岛的万户千家。无论是高楼深院还是寻常巷陌,每一扇窗户里,都有明晃晃的灯花伴着柔曼的乐曲,轻歌笑语随风飘逸。多少客厅中,当年的十四英寸黑白电视机,已被五彩缤纷的大彩霸淘汰。家家户户厅、堂、房、舍功能各异的灯饰,千姿百态犹如繁花竞艳。

1994年冬月,当我首次踏上欧洲大地,徜徉在夜的法兰克福,看到这座城市的每一棵绿树,都缀满了星星般的彩色灯饰,闪闪烁烁、扑朔迷离,令人远望如置身仙宫玉阙,那一份如诗如梦的浪漫情调与美丽氛围,可心领神会而难以笔绘言传。

当时我想:故乡厦门,何日能有如此美妙夜景?我在深心里期待着!

谁知不过年把光阴——到了1996年春，故乡街头，排排亭亭玉立的行道树上，夜来居然已珠围翠绕：有如绿宝石穿就的项链，有如红玛瑙串起的花束，有如满天星星散落花蕊树冠，有如无数钻石镶进疏枝密叶……

至于各种建筑物的灯光夜景，更令人叹为观止——那市政大厦六面体串串亮晶晶的金星，那国贸大楼银辉灼灼的金字塔顶珠冠，那保龄球场奇光异彩瑰丽如画有如安徒生笔下的圆柱尖顶塔楼……

火树银花，闪耀在座座凌云的楼端，在处处开花的庭院。尤其是鹭江对岸鼓浪屿的灯光夜景，更是华彩四射曼妙如诗——那日光岩高耸天际的金碧辉煌的皇冠灯饰，那八卦楼流朱溢翠别具一格的哥特式建筑灯饰，那琴台造型幽雅有如骊珠镶嵌的轮渡灯饰，那巍峨挺拔恰似浑身披上黄金盔甲的郑成功塑像灯饰……加上或蓝或紫或黄或绿的多彩霓灯穿插其间，加上海风摇影波光潋滟，令鼓浪屿这位国色天香的娟娟秀女，更加仪态万方妩媚迷人。

游客来此，如置身童话世界，如误入广寒宫中，真有"今夕何夕""不知天上人间"之叹！我走过几处欧亚名城，并非出于偏爱，我以为，今日故乡的灯火、故乡的夜景，完完全全可以与之并肩比美！

五十度春风秋雨如水流逝，故乡昏暗的灯火、颤动的灯火已成逝波。今天，故乡的灯火美艳如花，如花的灯火是夜的明眸。今天，故乡是风华绝代的美人，明眸善睐的美人当然举世倾心!

  故乡的夜,凝望着你顾盼生辉的秀眉丽眸回首往昔,作为故乡的女儿,我深深地骄傲,也深深地被陶醉了!

山河日月

江州行

　　九江，古称江州，据庐山，扼长江，拥鄱阳——弹丸小城，包括名山大川；区区埠头，云集天下商贾。这江南重镇，百般风景，千秋繁华，兵家必争，人才荟萃。因此，千百年来，江州舞台上，上演过多少金戈铁马；江湖林泉间，流传了无数名家轶事，惹得朝朝代代墨客骚人，翘首相思，远道来游。

　　我爱江州，自儿时读唐诗起：

　　　　君家何处住，妾住在横塘。
　　　　停船暂借问，或恐是同乡。

　　　　家临九江水，来去九江侧。
　　　　同是长干人，生小不相识。

　　你想，这样清丽的山水画，这样淳朴的儿女情，能不叫人喜欢吗？

　　后来读文史，知道这驰名九州的江城——甘棠湖上有周瑜大都督的点将台，城里有小乔美丽的梳妆台；城北有刘邦手下大将灌婴开凿的风起潮涌的浪井，城南有唐朝江州刺史李渤建造的流芳百世的思贤桥；附近的湖口有苏东坡月夜探访留下佳作的清奇绝妙的石钟山……这些脍炙人口的历代风物，能不令人神往吗？

然而，茫茫神州，名胜古迹多如星斗。倘若江州只有这一切，倘若没有那颗辉耀唐代文坛的明星，在江州留下了千古名篇《琵琶行》，也许，她不会令我如许倾心——

啊，白司马①，为你的青衫泪湿，为你的琵琶歌魂，我千里来觅浔阳古城！

司马，你江滨送客，正是深秋；我今日来游，恰恰初夏。不见满江萧瑟荻花，却有一城新绿梧桐……

我在高高的江堤上漫步，夕阳的余晖里，浩浩荡荡的长江波光灿烂，簇簇浪花有如朵朵盛开的金蔷薇；江上有悠然自得的点点鸥鸟，有风流潇洒的片片白帆；码头上，来往上海、武汉各地的汽轮或已起航，或正要靠岸。隆隆的轮机声，缓缓的汽笛声，熙熙攘攘的旅客，哗啦哗啦的江水，广播婉转悦耳的女中音，收录机柔美动听的轻音乐，还有，小贩叫卖水果、冰棒、零食的吆唱，放了学的孩童游泳、戏水的喧闹……真是百音俱全，形成了一支热烈欢快、颇有气派的大江交响乐——

难道，这就是使得当年的白司马凄然欲绝的、"杜鹃啼血猿哀鸣"的浔阳江头吗？

---

① 即唐代诗人白居易，他曾被贬江州担任司马一职。

我走上江滨大道，下班的人群潮水般涌来。商店里的商品琳琅满目，美不胜收。我走进每一家商店，走过每一摊商贩，人们都用热情和微笑招徕我。特别是姑娘们，她们的笑靥如同她们鲜艳的夏令衣裙一样绚丽迷人。

在一家陶瓷店里，一位文雅俏丽的女营业员知道我来自厦门，分外高兴，热心地为我挑了一对景德镇细瓷梅花鹿，笑眯眯地说：

"九江傍长江，厦门靠东海，她们是姐妹城市；我们呢，都是大江大海的儿女。"多富有诗意的语言，多美好的长江女儿！

啊，繁华的江州，好客的江州，智慧的江州——这就是白司马穷愁卧病、"黄芦苦竹绕宅生"的浔阳城？

我在长街彳亍而行。历史和现实，白司马和女营业员，像一个个电影特写镜头，在我脑子里交替映现。不知不觉地，江州把一片绿翡翠——甘棠湖，奉献在我眼前……

司马，我惊喜又惆怅地沿玲珑曲桥，走进湖中以你"别时茫茫江浸月"诗句命名的"浸月亭"——

据说这是九百多年前你贬谪（zhé）江州时留下的胜迹。可是，朝代更迭，几经兴废，如今这画栋诗廊、如翼飞檐的风雅大观，却是二十世纪七十年代人民政府重新修葺（qì）的政绩了。

司马，你我来此，都在月夜。如水的月光里，依稀可辨亭柱上的对联：

一亭直锁湖心月　双剑横磨水面风
　　不问石砚羊毫一样染成烟雨景
　　且把玉壶雀舌几番吟到月浸亭

　　诗联清新飘逸，为山水亭台生色。我把栏驰目；对岸，雄奇俊秀的庐山五老峰直奔眼底；亭外，甘棠湖波空灵似梦。南风徐来，波声如诉。一轮皓月，在庐山顶云游，在甘棠湖沉浮……司马，我为你检点遗踪而来，可是，此时此际，景物、情思俱佳，我实在无法体味当年你孤寂落寞的情怀！

　　忽然，有阵阵丝竹弦管之声，随湖水缓缓流过。我不胜惊诧——司马，莫非你笔下的歌女，慕我多情，特意显灵赠我一曲《琵琶行》？侧耳细听，却是黄梅戏《天仙配》唱段。询之路人，方知隔江为黄梅镇，是黄梅戏"产地"之一。每到夜间，江州两岸，家家弦管，户户歌吹……正与路人问答间，便有小舟载歌翩翩而来：

　　　　年轻的朋友们，我们来相会。荡起小船儿，暖风轻轻吹。花儿香，鸟儿鸣，春光惹人醉。欢歌笑语绕着彩云飞！……

　　伴着朝气蓬勃、玉润珠圆的歌声，湖滨飘来了得得杵声和一群洗衣女子又甜又脆的笑语声……

啊，司马！这就是你哀哀咏叹"终岁不闻丝竹声"的江州古城？

你在哪里呢？司马，我细细寻觅，却找不到你的足迹，找不到你的诗句……

依依地离开了浸月亭。度柳穿花，回到了距亭不远，傍水而筑的南湖宾馆。

月明如昼，思绪如泉，我无法入寐，倚在宾馆前面的湖畔石栏上乘凉。有江州友人来访，交谈间，我为江州今日已非白居易当年感慨不已。友人听罢，摇了摇头，说：历史有时也会重演。就在这儿，60年代末，也有一位著名女歌星投江自尽；至于如白居易似的遭贬下放的大小干部、文化人，那就难以计数了。

"你想想，唐代歌女莫过是'老大嫁作商人妇'，还算有个归宿；白居易进谏被贬，派到江州当司马，也算给当个小官吧！可十年浩劫……"

不须多说了！我悄然落下泪来。

在这国泰民安、歌舞升平的明月夜，在这百废俱兴、万象更新的好日月，回首历史上的黑暗年头，对人们的思维，是痛苦的磨砺，也是奋发的警策。我相信，《琵琶行》的魅力是永恒的；但我希望，再不会有重演的历史！

司马，我来江州，为你洒一掬相思泪——你用自己饱蘸血泪的春秋笔，写出了人民心灵的呼唤，你不愧是中华民族伟大的诗人！

司马，当年你到浔阳江头，听到了人民悲苦的呻吟；今天我来浔阳江上，听到了人民欣悦的歌唱。朝代虽不同，我们却一样听到了人民的心声——这人民的心声，便是世上最美丽的歌魂。

啊，我不辞千里，来觅知音。在江湖形胜、青春焕发的江州古城，在云山如画、古趣新姿的浸月亭，白司马，我寻到了你的脚印，寻到了我心中的歌魂！

哈尔滨风姿

这是一个充满异国情调的城市，它留给人的印象一半属于过去，一半属于未来。

街　景

《北方文学》的小宋带我去逛街。他说哈尔滨分南岗、道里、道外三个区。

在南岗区，我看见一座东正教教堂。红砖和白花岗岩相间砌成的两座尖塔和圆球顶的俄式建筑，在蔚蓝的苍穹下显得分外美丽，引人注目。小宋说，这儿原来还有一栋全部木质结构的洋楼，是世界三大著名教堂之一，可惜毁于火患……

沿途有许多俄式建筑，像托尔斯泰、屠格涅夫书中描写过的房子。街上，旧时代遗留的有轨电车轨道像两条巨蟒，环绕全区。经松花江百货大楼——从前叫秋林公司，抬头仰望，是一座仿十六世纪文艺复兴时期意大利式和俄式混合而成的巴洛克建筑。旁边名闻遐迩的、曾经吸引了不少中外游客的小白桦舞厅风姿如昔。

乘车至中央大道,过壮观的霓虹桥,即道里区,那尖型、圆顶、皇冠式等千姿百态、五颜六色的建筑群,如欧洲宫殿,如俄罗斯别墅,十分富丽堂皇。每座房子外表均有雕塑,每一处细部雕塑,无论人物、动物、花鸟、藤萝枝蔓,无不栩栩如生,具有很高的欣赏价值。尤其是楼顶,大抵有低低的女儿墙,用花形铁架做装饰,非常美丽和谐,大街全用小方石铺就,两旁白杨婆娑,偶尔有旅游马车载着男女穿街而过,马蹄清脆。那一种浪漫情调,使人不期然地想起俄罗斯小说里的涅瓦大街,以及诸如《带阁楼的房子》《阿霞》之类的爱情故事。

步入兆麟公园,时值阳春季节,冰灯大抵已消融,各种冰雕动物骸断肢残,只有三座颓败的灯塔还兀立着。看着那些巧夺天工,栩栩如生的"生灵"那么痛苦地挣扎着"死去",心里好不难过,我只能寄望于来年冬日,重睹冰雕盛况。

夜幕下的哈尔滨别有一番迷人的风韵,柔和的红红绿绿的灯光,抒情的流行歌曲,新月下朦朦胧胧的人群,形形色色的楼房剪影,婀娜临风的白杨树……一切全笼罩在似有若无的薄雾里,仿佛我心中缥缥缈缈的情思……

松花江畔

春天的松花江畔是一个童话的世界。

沿江而修的斯大林公园里,随处可见绿长椅白栏杆，花木尚未返青，但枝丫修葺得整整齐齐，上覆碎雪，如白梅朵朵。形形色色的大理石街雕，白天鹅屹立海浪之上，女娃抱琴，男孩踏球等，一座座惟妙惟肖。江边红黄蓝绿各色小楼，全是令人流连忘返的安徒生笔调。

江面寒冰犹存，雪被未消，到处白花花一片，江心已炸开一道通航的冰河，一脉葱绿的春水逶（wēi）迤（yí）穿行于白雪冰层之中，有船只穿梭于大江两岸。空气清甜而新鲜，是道地的春天气息。小宋说，年年三月松花江开江——江水解冰叫开江，有文开、武开之分：

"今年是文开江，冰层慢慢融化；往年也有武开江，那是天气突然转暖，来一阵暴风雨，地下水全涌往江中，江面的坚冰一下子鼓起，大江便发出震天动地的崩裂声，那种景象，真是壮观极了！"

我多希望看看那武开江的壮景，可是，我的机遇，决定我只能见到温柔娴静的松花江之春！

太阳岛

关于太阳岛之夏的种种美誉多少有些属于文艺家的夸张，其实，春天才是太阳岛最诱人的季节！

我和小宋浴着淡淡的春阳乘船前往太阳岛，因为江水未解冻而无法泊上渡口，只好在一大片柳棵子林①前

---

① 即柳树林。

停下。我们穿行于柳棵子林间,朝岛上前进。方圆五、六里全是沼泽地,泥水漫过脚踝,鞋袜尽湿,一步一趔趄,真是艰辛万状,想不到苏联电视剧《这里的黎明静悄悄》里那几位红军女战士过沼泽的狼狈情景,再一次重演了!

但我们终于如愿以偿地抵达太阳岛。

春天里,岛上游客很少,清静极了。走进丁香街,到处长满了紫丁香,有淡淡的芬芳流逸空中。小宋指着一栋别墅告诉我:

"里面有一种白丁香,又叫暴马丁香,开花时,香极了……"

难怪名字叫作丁香街!

岛上的天空蓝得发亮,空气鲜美温馨,在这静谧的大自然里,我以为自己进入了无人之境。走过白杨夹峙的柏油小道,却见道旁的绿色长凳上,一对恋人正偎依低语。远处,一位红衣少妇,带着绿衣小儿款款散步……在这儿,花树是风景,小路是风景,人也成了风景!

我们朝"太阳岛公园"走去,其实小岛本身就是一个天然的大公园,兴建公园反而成了多余。

我坐在公园里的小河边,四周悄无人声,只有一片光洁的白桦林,俊秀挺拔,直指蓝天。小河两岸,疏疏淡淡的白杨蜿蜒而去,望不到尽头。远处,弥漫着一片迷茫轻烟,使人情不自禁地想起《小路》这支歌:

    一条小路曲曲弯弯细又长,

一直通向迷雾的远方
……

又仿佛听到当年赞美"喀秋莎"的歌声：

正当梨花开遍了天涯，
河上飘着柔曼的轻纱。
……

此刻，不论是谁来到这儿，心头都会泛起少年的天真、初恋的柔情……

小河上冰层咔嚓有声，声声催春；遍地丁香默默无语，含苞待放；小鸟在春光里鸣啭（zhuàn），白杨含情脉脉，一位娟秀的少女款款步过小桥；白云悠悠，远方的村舍牛羊悠悠，我忽然觉得这一切熟悉而又亲切。啊，那普希金笔下的俄罗斯村野、庄园，那遥远的皇村①、那可爱的达吉雅娜②，莫不就是这般模样？于是，我想起了普希金写于河边的诗行：

静静的河湾，黑色的山岭
我爱你在高空中的淡雅清光

---

① 皇村又名"普希金城"，是俄国诗人普希金学习的地方，如今为博物馆保护区。

② 达吉雅娜是普希金诗体长篇小说《叶甫盖尼·奥涅金》中的女主人公。

它又唤醒了我已沉睡的思想
　　熟悉的星啊，我记得你冉冉升起
　　在那一切都叫人心爱的安静地方
　　那里的山谷耸立着修长的白杨安睡着松树和温柔的桃金娘
　　……

　　黑龙江的彼岸是另一个属于斯拉夫语系的国度，因此，在松花江、在太阳岛，普希金不知不觉地走进游人心间，这是一种必然。

　　在祖国的天空下却能够如此强烈地感受到新奇的异国情调，那是太阳岛真正的魅力所在！

　　我们沿着寂静的白桦林漫步，云雀在春光里欢乐地歌唱，白桦闪烁着银子般的光芒——我喜欢它那一份窈窕秀美，那一份洁白无瑕。小宋却说：

"白桦何止秀美？桦皮坚韧，鄂伦春人用桦皮制造轻巧的桦皮舟，白桦含油多，一点火就毕毕剥剥地烧开了，当地人将它当火引，抗日战争时期，没有纸，就用桦皮当纸……"

说着，小宋剥下两张桦皮，用小剪子剪齐，递给我——果然是两张雪白的纸张。于是，对于白桦这凌立于北国风雪中英武不屈、甘于献身的志士，心中又平添了几分尊敬。

我们沿着白杨和松树相间的林中大道，来到了太阳岛少年之家和青年之家，这儿全是木头制成的塔形、菱形、斜矩形等各种新颖别致的小房子，它们被油漆成天空、海洋、草地等各种鲜艳夺目的色彩。在这里，纵然你曾经历尽沧桑，纵然你的心已结满老茧，你也会不知不觉地走回童年，走回《海的女儿》《小红帽》《天方夜谭》的氛围和时光。

太阳岛用它柔美如水幽然如梦的春，滋润人的心灵，给人普希金的诗和安徒生的童话，这是在游客如鲫的太阳岛领略不到的独特风姿和韵味！

滁州月

你是一枚古钱吗？小小滁州月——

因了醉翁亭千古绝唱，你平添了几多妩媚，赢得了几许思心……

今人寻古月，古月照今人。啊，我迢迢来滁，拂去历史的锈绿，剪一段素月清辉，拾一缕欧公余韵……

古 意

秋风秋雨里，车抵滁州。那青峰、那碧流、那长街鳞次栉比的楼台房舍、那满城绿少黄多的榆、柳、槐、杨，全笼在云纱雾帐里，浓如泼墨淡如烟。我一下车，便走进了一幅古典大写意山水里……

驱车至南谯宾馆，几位本地女子，知道我们是应当地父母官之邀，前来参加醉翁亭散文节的客人，一个个迎上来端茶递水，言语温婉，举止斯文，不愧是一代名儒教化之乡的女儿。

黄昏，雨脚渐歇。夜来了，水淋淋的半爿（pán）月儿，刚破开的香瓜儿似的，低低地悬在城头。我和当地友人老张,踏着朦胧的月色,沿长长的石板小街,漫步而去。至一空旷处,见一弓石桥。此时市声渐稀,桥下流水缓缓,月影星光,浮跃溪上。

"当年,想必欧阳修常常经过这道小桥?"睹景思人,我自然而然地想起欧公。

"世人说滁州,开口欧阳修,闭口醉翁亭,其实,这儿是历代兵家必争之地,古迹遍地都是。从秦至宋,先后就有五位君王来过此城……"老张手扶桥栏,侃侃而谈:

那松杉成林、绿草茵茵,蚕蛹一般静静地卧在滁州城郊的皇道山,记录着始皇帝渡江南巡时登山瞭望滁城的盛典,当年秦皇的试剑石,遗迹还在花山罗家坳里。

城西玉屏翠嶂般的大丰山侧,有口大水塘,楚汉相争时,刘邦曾在那儿饮过战马,那世代相传的滁州古庙会,据说就是为了祭祀这位汉高皇帝而设立的。

那蔚然深秀的琅琊山,是东晋皇帝司马睿称帝前,来游滁城山川时赐予的封号。

位于城东北隅的落马涧,相传宋太祖曾穷追劲敌到那儿,一剑砍下皇甫晖,从而攻克滁州城……

那丰山脚下、丰乐亭南的柏子潭,有一座朱元璋驻滁时为民求神祈雨的龙潭庙——柏子灵湫(qiū),至今仍是滁州十景之一!

……

"至于文章太守,何止欧公一个?中唐的韦应物、南宋的辛弃疾,皆是一代诗坛魁首,他们都先后治理过滁州……"老张唯恐我这外乡人不知此地人文之盛，颇为着力地介绍了这儿历代知名的诗人、书家。

此刻，清风如梦、冷月无声。我仿佛一条鱼儿，倒溯着历史的溪流，游回了宋，游回了唐，游回了两汉先秦……那些慷慨悲歌的故事，那些英主明皇的陈迹，那些风流倜傥的墨客骚人，如云如雾，从我眼前飘过……

我明白了，滁州，你的魅力，何止于欧阳修的华章佳句？幽绝的山林、悠远的古趣、朝朝代代的雄才俊彦，还有那自古相沿的种种民间传奇……这一切，怎不令人心往神驰？

我仰望苍穹，那一瓣清瘦的秋月，仿佛正娓娓地、娓娓地向我诉说着什么……

啊，岁岁年年月相似，年年岁岁人不同——小小滁州月，你这纵览千秋、万古不灭的精灵！

我和老张，默然归去。我的心，融化在柔曼的月光里，融化在可意会而难以言表的怀古幽思里……

小识琅琊

"山不在高，有仙则名"——东晋司马睿封琅琊，于是，琅琊虽非皖中名山，却名播千秋。

我总以为，山水因帝王禅封而传世，作古迹看则可，真正游览，恐也未必佳。因此，居滁数日，竟未上山。

滁人劝我，来滁州，非上琅琊不可，于是，便邀三、二友好，同登琅琊。

出西门，两旁琅琊榆交柯接叶，一碧无穷，拥着一条盘山石砌大道，穿云逼日而上，一路泉声，如歌如诉。时届深秋，竟有野花摇曳，似孩童的笑靥（yè）。不见飞鸟，却有嘤嘤鸣啭之声出于林间，忽左忽右，如空中音乐。

山行六七里许，满山清泉积为深潭，流波漾漾，澄碧如染。日影云翳（yì）、四周山色，皆映于潭中，有浅浅曲桥，吻水而筑，直通湖心。湖心小亭翼然，名曰"深秀"。立深秀亭中，山山水水，尽在目光怀抱里，游人因山水而生色，山水因游人而生动，人与自然，完全合而为一了。

道旁有苔痕斑驳的巨石，勒"苍翠回环"四个遒（qiú）劲大字，石壁上另有嘉靖年间福建莆田人题诗一首：

　　鸟道萦回岩岫合，
　　人从天上览神州。
　　六朝江树犹蒙日，
　　万顷田禾登报秋。
　　山色半归云洞湿，
　　泉声长绕月溪流。
　　于今帝子曾巡御，
　　不似琅琊汗浸游。

我是闽人，见此诗，心头一喜，颇有他乡逢故人之感。

抵山腰，可遥望远处高大牌坊如天上宫阙，上书欧体大字"琅琊胜境"。拾级登"胜境"，平台三面，有青檀（tán）数百株，株株高达数丈，树叶如古榕，盘根错节，穿山裂石。秋风婆娑而过，一片绿云氤（yīn）氲（yūn）回荡，空气清新鲜嫩，四周幽静极了。

往右上行，金碧辉煌的开化律寺依山矗立，扑面而来。游人步入这空门之内，但见佛殿庄严，净地无埃，香烟缭绕，古佛含笑，人世的荣枯得失、喜怒哀乐，自然而然地淡化如烟，一颗心轻灵灵地，有如飞絮游丝一般……

走完佛殿，进东厢，有松、梅、竹三友亭。亭前梅树，老干虬（qiú）枝，飘逸不群。想岁岁冬春之际，白雪之中，满树芳菲，暗香浮动，叫人怎能不怀念起当年那位文采风流、爱民如子的本地太守呢？

再往深处走，有无梁殿，内坐一石佛，孤零零地低眉颔首。我正为他的形单影只深感凄凉，转而一想，净界讲究"无我"，他连自身都忘其存在，还会想到身外的人事吗？心中顿觉释然，加快脚步攀山而上。

山间危岩之下，有巨穴曰"雪鸿洞"，传说项羽曾被刘邦手下将士追赶至此，无路可行，山神怜其英雄末路，崩裂一线成洞。项羽便从洞中穿过，奔往长江而去。由此可见后人对这位楚霸王的同情之心了！

我来此洞，只见云垂雾罩、苔深泥滑，依稀可听盖世英雄战马嘶鸣……

出洞不远，有流泉曰"濯（zhuó）缨（yīng）"，取楚辞"沧浪之水清兮，可以濯吾缨"句意。这"濯缨"二字，又是闽中莆田人所书。另一处石刻"南无阿弥陀佛"，也是福建闽侯人的杰作。游山半晌，三见乡亲手迹，不亦奇乎？皖闽有缘，琅琊山中石刻是见证。

历代文化名人苏轼、王阳明、宋濂、朱彝尊和蔡元培、于右任等，也曾来此游历，或咏诗或题字，为琅琊留下了珍贵墨迹。

小识琅琊，信滁人们言之不诬（wū）。我千里来游，不虚此行也！

一把草的艺术

一把草，竟创造出一个艺术的世界——当我离开滁州草织厂时，我不能不由衷赞美滁人的智慧了。

我不知道它叫作什么草，那么修长，那么纤细，那么柔韧光洁、雪白芬芳。用它浸染编织而成的天青色、浅紫罗兰色、玉色和鹅黄交汇的各种花卉图案的榻榻米，高雅清丽，有如工艺品一般，令人喜爱不已。

当地文友告诉我：它叫蔺草，原产于我的家乡福建沿海一带，后流入日本，现在又由日本引进种植生产榻榻米，产品再外销日本——原来蔺草有如外籍华人一般，它的根，还在中国呢！

看到我对那一方方美丽的榻榻米赞不绝口，厂长满脸生春，情不自禁地对我说：蔺草不仅织成成品美观实用，而且还可以吸附空气中的一氧化碳和灰尘，从而起除尘和净化空气的作用呢！

"种蔺草,外贸部门和厂方采用包干法,有了原料,有了人,我们的工厂也就兴旺起来,半年间,产值达到一百万元呢!"

厂长边如数家珍地介绍着,边带我往陈列室走去——

哟,这哪是一座草编陈列室呢,这分明是一座莺飞草长、百花争妍的大花园哪!

那悬于素壁、放于玻璃柜的白席、提花席、旅游席、沙发垫、椅垫、坐垫、草帽等产品,其实际是一幅幅大小不等的或写意或工笔的妙手丹青:梅花、兰草、青松、翠竹;风叶、太阳花、君子兰……真是五彩纷呈、鲜丽生动。而那梅枝的喜鹊、松间的白鹤、竹林里的熊猫、草地上的雏鹿,也无不栩栩如生、活泼可爱。

参观者至此,往往忘其实际效用而陶醉于它的艺术欣赏价值之中了!

一把草,竟创造出一个艺术的世界——当我离开滁州草织厂时,我不能不由衷赞美滁人的智慧了!

珠龙乡·丰收节

滁州西北,有古镇珠龙乡。

今年夏历十月十五,为珠龙乡首届农民丰收节,参加散文节的作家们恰好来滁,便一起驱车前往采风。

珠龙老街四里,一溜石砌街巷,一色白垩①漫壁,

---

① 白垩(è),一种石灰石,常用来涂抹墙壁。

黑瓦覆顶的平房。小小店铺，大抵光鲜明净，或老爷子，或大闺女、小媳妇开门坐店，全笑盈盈地，叫人看了心头熨帖暖和。

秋风里，流波漾翠的沙河水缓缓地绕乡流过。乡野四周，青山横翠，古木森森，使人不由想起这儿东拥"清流山高横碧落，崖石棱层犹铁削"的宋遗址清流关，西接明代兵家习武的教练场广武卫。这依山傍水的珠龙乡，自五代十国起便是中原至江南古驿道上的著名集镇。因此，民情淳朴，古风未泯。

珠龙园是富裕起来了的农民用自己的双手修建起来的乐园。当地开天辟地第一回的丰收节，便是在龙珠园里举行。因此，这丰收佳节，给古老的集镇带来了比过大年还热烈的喜庆气氛。附近三乡五里的农民，或骑车，或摇橹，水陆两路纷纭而来。

走进二龙戏珠的珠龙园大门，一片宽展展的大场院里，张灯结彩，弄狮舞龙，气球飘飘，一派喜气洋洋的节日景象。那黑压压攒动的人群，见外地客人来了，立即分出一线小路，让来客鱼贯而入。那一种文明儒雅之风，叫人感动。

穿过大院，好一脉嫩绿秀水迎人而来。水上一弯玲珑玉桥，将客人引至清流亭。小坐亭间，近可闻花墙缭绕的珠龙园内弦歌飞扬，远远可望珠龙桥上古柳依依、行人熙来攘往⋯⋯眼前光景，有如一幅古朴的风俗画，它使人想起千年百代以来，这儿随世态兴衰而几起几落的乡间庙会。此刻，历史化作了汩（gǔ）汩流淌的沙河,浅浅地,从我心头流过……

这里有"春寒""藏幽""踏波""深影""画境"等或方或圆或菱形诸般别致可爱的园门,每踏入一处园门,便是一个小小院落,每一个院落都有灯谜、棋类、歌舞各种娱乐活动。吟诗的,作画的,品茗对弈的,钓鱼、放鞭炮的,吹拉弹唱的,看电影、电视的,真叫人耳不暇听、目不暇接。

入夜,灯火通明。

伴随着节奏欢快的音乐,一对对青年农民正起劲地跳着迪斯科。那潇洒的风姿、娴熟的舞步,在迷离恍惚的七彩灯光里,使人仿佛置身大都会霓虹灯下的舞会。啊,比起那世代相传的民间庙会,如今的丰收节无疑是打上了时代新浪潮的烙印了!

如果说迪斯科占据了一群少男少女的眼睛和心灵,那更具磁力、更令广大乡亲陶然忘情的节日,则是富于地方风味的黄梅戏了。

场院中心,乡民围观如堵。我艰难地钻进人圈里,跂起脚一看,哦,原来是两位女青年正清唱黄梅戏《天仙配》选段。

那演七仙女的姑娘唐卫平,温柔美丽,一颦一笑,我见犹怜,何况熟乡熟土的乡亲们!那扮董永的"小生"郭玉蓉,声音洪亮、字正腔圆且不说了,单看那一招一式,那熟练的台步以及顾盼神飞、含情脉脉、欲语还休的一双秀目,就够令人叫绝。珠龙乡文化艺术的繁荣,由此也可见一斑了。

黄梅戏正听得有味,陈登科、苏晨等老师邀我去参观另一院子里的花鼓灯,这是当地的传统歌舞——舞圈当中一人举花柱唱"兰花灯",外围四对男女腰系红绸载歌载舞。他们跳得那么热烈,那么奔放,让人深深感受到土地的主人庆贺丰收的发自心田的欢愉。据说,花鼓灯舞当地已多年不跳了,如今日子过得兴旺,这奄奄一息的古老歌舞才又焕发了青春。

放焰火是丰收节的高潮,一炮响起,火树银花,倾珠坠玉,满天赤、橙、黄、绿、青、蓝、紫……四周山水农舍,全成了琼楼玉宇、神仙殿阁;四周人群,全手舞足蹈,飘飘欲仙。多少喜悦的心,随着绚丽夺目的礼花盛开;终年劳作的艰辛,在这美好的一瞬得到补偿;来岁人瑞年丰的希望,全寄托在这光辉灿烂的吉兆里。连我们这些来自五湖四海的异乡客人,也分享了他们喜庆的欢乐和光明的憧憬……

珠龙归来,已是月到中天,沙河水无声地蜿蜒而去,清亮的月华,有如一盏美丽晶莹的宫灯,恬静地映照着滁州的山、滁州的水……有一首无韵的小诗,轻轻地,从我心底飘起!

啊,今人寻古月,古月照今人——
小小滁州月,你真是一枚古钱呢!我千里来滁,拂去历史的锈绿,剪一段素月清辉,拾一缕欧公遗韵!

难忘三亚

我出生于南洋,对于热带风光,有一种本能的向往。今年初夏,我来到祖国最南端的古崖州——三亚市。那一片五彩斑斓、绚丽多姿的土地,真叫我目眩心醉,流连忘返!难怪近年来莅临这南疆滨海名城的外宾、华侨摩肩接踵,不绝于道。而盈盈一水、隔海相望的香港客商,对她尤为青睐,正积极筹划来这儿建设一个迷人的"海上世界",以招徕五湖四海的游人……

小 景

这里,太阳把温情无私地分配给每一个季节;这里,大海用忠诚的臂膀,环护着座座开花的庭院,丛丛流绿的香茅、胡椒、菠萝、可可、甘蔗……街头袅娜的槟榔,多像这儿美目流盼的少女,满城挺拔的椰树,是这儿潇洒伟岸的男儿……入夜,好一轮海南月,悬在棕榈树梢,有屐声踢达踢达,自近而远,是黎姑苗妹去会情郎吗?镇上新、马、泰、菲、缅各国归来的游子正欢乐地相聚,小小夜店,有热咖啡浓烈的芬芳和吉他柔和的浅唱。深街曲巷，飘闪着花裙、筒裙、布拉吉①、纱笼；回荡着迪斯科、粤剧、椰岛民歌、土风舞曲……

多么热烈、明媚、多色彩、多声部的生活啊！

人在天涯

曾读马致远《天净沙·秋思》："枯藤老树昏鸦，小桥流水人家，古道西风瘦马，夕阳西下，断肠人在天涯！"想想那天涯极地，该是何等的凄凉肃杀！

可当我来到距三亚市区仅二十公里的天涯海角，一下车，眼前便出现一片纯净明丽的蔚蓝世界，而轻柔的浪花、翻飞的鸥鸟、交错的明礁、近处采贝壳的游客、远山那一抹虚空，全成了这蔚蓝世界和谐的点缀和衬托。有一种明朗而纯洁的愉悦，涌上我的心头。我想，不管您有多少忧愁烦恼，来到这儿，在广博的大自然面前，在浩瀚的天与海之间，一切都会被净化，一切都会化为乌有……

仰望海边那竹笋般拔地而起的巨石，上面镌刻着清雍正年间，崖州知州程哲的手笔"天涯海角"，我自然而然地想起曾经来此帮助修建大云寺的唐代高僧鉴真，想起宋末元初在这里生活了三十个春秋的女纺织家黄道婆……当然，也想起历代流放来此的贬官谪宦和一代诗翁苏东坡，想起唐朝李德裕"一去一万里，千知千不

---

① 布拉吉，俄语"连衣裙"的音译。

还。崖州在何处,生度鬼门关"的诗句……

同是天涯,江山依旧,岁华更改,情怀迥异,历史的功过,千古的悲欢,已如同淼(miǎo)淼逝水,了无痕迹,这远离大陆的化外之地,在我心中,留下的只是一片和平、宁静、悠远的情韵和无拘无束的自由!

鹿回头之晨

据说,从前五指山下有一位勇敢善良的黎族青年猎手,有一天在丛林里发现一只惊慌奔跑的美丽的小花鹿,猎手紧追不舍,直到南海之滨,小花鹿面临绝境,含泪回头求猎手手下留情。待猎手走上前去,小花鹿忽然变成一位妙龄少女。后来,这一对少男少女结为夫妇,男耕女织,世代繁衍,渐成村落,从此,人们便将此地叫作"鹿回头"。

烟花三月的黎明,鹧(zhè)鸪(gū)声声里,分花拂柳。步出宾馆,门外,便是名闻遐迩的鹿回头海滨,椰村如画的海湾,沙明如雪,沙滩上星星点点地散落着一种不知名的黑色海藻,黑白相间有如清丽的几何图案,绿汪汪的海面微波不兴,水清如镜。这时,明晃晃的旭日从海中浮起,阳光照在对岸起伏的山峦上,山色由曙前迷蒙中的铁灰变为粉蓝、玫瑰红、金黄,然后是一派青黛。海边婀娜的椰子林,竟奇迹般地出现七色的彩虹,一圈圈如同舞台上扑朔迷离的追光,美极了。海上几艘白色的舰艇,在晨曦的照耀下,也由淡紫而深红，然后转为辉煌的金色。

在这令人陶醉的椰风海韵里有一种灿烂的情思，流漾在我的血液里，我忽萌奇念，想去寻找那只可爱而神秘的小花鹿……

沿着椰影疏朗的林间小道，我走过一户户繁花绿树掩映的人家，香风袅袅里，只听得流水叮咚，小鸟和鸣。三角梅纷拔、一品红争娇夺艳的竹篱小院，偶尔会闪出一两位戴镶花头帽、穿丝绸裙裳、晃着红宝石银耳环的苗家女儿，她们见了客人，也不认生，已错肩而过，还回眸对我嫣然一笑……

这迷人的小女子，不就是那神秘可爱的小花鹿幻化而成的精灵？

大东海　红气球

来三亚之前，便听说城南的大东海，沙白如玉，水清见底，云飞浪涌，浩渺极了，那壮丽的风光，可与美国夏威夷相媲美。

当我千里迢迢来到慕名已久的大东海海滨，她那一片无私的美色，一下子就把我征服了！

我躺在温暖如席梦思的沙滩上，蓝天在我头上，大海在我身旁、帆影青山，或远或近，全在我的视野之间，一时间，我几乎拥有了整个世界……我想，此刻，如果我蒙眬睡去，蓝蓝的大东海，定会赠我一个水晶宫一般晶莹璀璨的美梦吧！

同行的年轻姑娘小燕，把一个系着鹅黄色飘带、上面写着"大海将带走我永无归宿的歌"的红气球，轻轻地放进白灿灿的浪花里。鲜艳、轻盈的红气球，便随波逐浪，渐飘渐远了……

望着袅袅离去的红气球，我心中若有所失。啊，红气球，它将飘向何方呢？是信风而去，海角天涯，还是烟消云散，归于寂灭？

那一支永无归宿的歌，为大东海留下了一束浪漫的音符，为我留下了一串美妙的思索……

牙龙湾幽姿

世人都说厦门鼓浪屿秀美如画，殊不知牙龙湾，绝代佳人一般妩媚的山水，就其藏幽匿胜而言，实更胜鼓浪屿一筹。

我们的车子沿着蜿蜒的山道，转入三亚市东北面的海滨，便见一处港湾，有如一面亮晶晶的蓝玻璃，四围银沙，在夕阳耀映下，化作金色的框架，华丽极了！

最叫人喜爱的是沙滩上遍布珊瑚礁，雪白、浅绿、淡蓝、嫣红，色彩缤纷，千姿百态的海石花和数不尽的白珊瑚，它们被海浪冲蚀成盛开的菊花、启喙的小鸟、回首的幼鹿、凝眸的玉兔，还有摇曳的水纹涟漪，荡漾的云影波光，真是妙不可言。我如入宝山，手里拣着这个，眼里望着那个，顷刻之间，大囊小袋全装满了。

斜阳慢慢地沉入海心，茫苍苍的暮色给鬼斧神工、奇妙瑰丽的珊瑚礁丛和四周的绿椰，披上一层粉色的轻纱。大自然的一切，变得更为柔和、恬静、含情脉脉。那一种空灵隽永、那一种清丽婉约、那一种超然物外，令人有返璞归真之感。

去年，81个国家的学者前来海南考察，初次涉足这美如仙女的牙龙湾，人人心折，个个叹为观止！

牙龙湾，这是一片"养在深闺人未识"的纯洁的海域，随着现代浪潮的冲击，慕名求爱者将越来越多，我能够一睹她的处子容颜，实为平生幸事！

当汽车缓缓地沿海岸线返回三亚市区,我看见一对黎家儿女,正款款地沿着椰叶婆娑的小路,向白玉一般的海滩走去。晚潮,轻轻地唱起动人的夜歌……

离开三亚时,有一丝淡淡的惆怅,如写意山水般朦胧地袭上心头!如诗如画如梦如幻的三亚,是不是因为你太美丽,担心世俗的妒忌,所以才远离喧嚣的人群,隐居在这遥远的天边海隅?

从我的故乡东海之滨来到这儿,现实的距离委实太漫长了。然而,我的心间,却有一条椰雨蕉风轻拂的短短的小路,它会时时把我的思念带到天涯,带到海角,带到鹿回头、大东海,带到超凡脱俗、秀美绝伦的牙龙湾,带到黎歌苗舞、四季开花的山庄……

今日一别,何时再相见?可爱的三亚,永难相忘!

图书在版编目（CIP）数据

归乡的翅膀 / 陈慧瑛著. -- 武汉：长江文艺出版社, 2025.1
ISBN 978-7-5702-3641-1

Ⅰ.①归… Ⅱ.①陈… Ⅲ.①散文集－中国－当代 Ⅳ.①I267

中国国家版本馆 CIP 数据核字(2024)第 104522 号

归乡的翅膀
GUIXIANG DE CHIBANG

| 责任编辑：朱嘉蕊 | 责任校对：程华清 |
| 封面设计：陈希璇 | 责任印制：邱 莉　胡丽平 |

出版： 长江出版传媒　长江文艺出版社
地址：武汉市雄楚大街 268 号　　邮编：430070
发行：长江文艺出版社
http://www.cjlap.com
印刷：湖北画中画印刷有限公司

开本：640 毫米×970 毫米　1/16	印张：8	插页：4 页
版次：2025 年 1 月第 1 版	2025 年 1 月第 1 次印刷	
字数：77 千字		

定价：24.00 元

版权所有，盗版必究（举报电话：027—87679308　87679310）
（图书出现印装问题，本社负责调换）